우리누나!
임일순

76세로 세상을 떠난 정박아 누나가
만년(晩年)에
그린 그림을 모았습니다.

『우리누나 임일순』 추천의 글
- 36년 특수학교 근무 정년에 즈음하여 -

남원 한울학교장 조인근

교육현장에서 장애 학생들과 36년을 함께 하다가 이제 정년을 3개월 앞두고 있는 나에게 임철완 교수님께서 지적장애가 있는 자기 누나의 그림을 모은 책『우리 누나 임일순』3쇄 추천의 글을 부탁하신 것은 뜻밖의 일이었다.

임교수님에 대하여는 나의 아내와 주위 친구들로부터 삶의 지혜와 나눔과 베풂 등이 몸에 밴 "살아있는 작은 예수"란 소리를 종종 들었기는 하지만 나 개인으로는 특별하거나 깊은 인연은 없었다. 그런데 나에게 왜? 이렇게 추천의 글을 부탁하였는가를 생각해보니 '정년이 얼마 남지 않은 나의 교직 생활 전반을 돌아볼 수 있는 기회를 주려 하지 않으셨겠나'라는 생각이 우선 들었다.

임교수님은 지난 주 우리 한울학교를 방문하셨다. 학교 구석구석을 돌아보시고 수업 장면과 물리적 환경을 꼼꼼히 살펴보시면서, 학교를 다니지 못하여 교육적 혜택을 받지 못하고 살다가 돌아가신 누나 생각이 그러한 마음을 이끌어 내셨는지도 모르겠다는 생각도 들었다. '집이나 동네에서만 생활하다 돌아가신 우리 누나도 살아 생전 이런 좋은 환경에서 좋은 교사들의 지도를 받고 또래 학생들과 소통하면서 교육적 혜택을 받았다면 얼마나 좋았을까'라고 말이다.

사실 임교수님의 누나가 태어나서 자란 그 시대에는 장애를 지닌 학생들의 교육 시설이 턱없이 부족했다. 열악할 수밖에 없는 것이 성장 위주의 경제정책에 장애아들에게 투자하는 것은 예산 낭비라 여겼던 시절이었으니까 말이다. 한참 후에 태어난 나도 중·고등학교 과정을 거치며 '내가 좋아하는 일이 무엇일까?'보다는 '난 무엇을 하며 어떻게 살아야 할까'하는 것이 크나큰 고민이었다. 그 당시는 장애를 지녔다는 것만으로 능력 또한 열등할 것이란 인식들이 보편적이어서 대학 진학조차도 쉽게 허용되지 않았고, 입학에 제약이 있는 학교가 많았다.

특별하게 뛰어나지 않고서는 기회가 허용되지 않았던 그 암울한 시기를 보내며 어린 시절, 잠든 나의 머리맡에서 걱정과 눈물을 흘리시던 부모님의 모습이 아직도 눈에 선하다. 중학교 때부터 "넌 대학 갈 생각하지 말고 기술을 배우라"고 권하셨던 아버님. 그 말을 하기까지 아버님의 생각과 마음속은 얼마나 복잡하고 아팠으며, 또 얼마나 주저하셨을까…

그렇게 말씀하신 아버지의 말을 뒤로 하고 우석대학교에 신설된 특수교육학과가 내 마음을 강하게 끌어당겨 나는 그 대학에 원서를 내고 입학을 하였다. 그 이끌 림은 그 당시 사회의 주변인으로 느껴지고 혼란스러웠던 나 자신에 대한 보호 본능과 보상심리이기도 하였다고 느끼는 한편, 특수교육은 학식이 많고 적음에 따라 선택할 수 있는 일이 아니라 오직 인간에 대한 관심과 사랑, 나눔 등을 삶 속에 서 실천하며 흔들림 없이 지속해갈 수 있는 강한 의지와 노력이 있어야만 구현 가능한 일이라는 것을 확실히 깨닫기도 하였다.

사람들은 특수교사를 희생과 봉사의 직업이라 얘기하지만, 사실 주어진 역할을 수행하면서 내가 남들로부터 인정받으며 누렸던 것들을 돌아보면 이 모든 것이 다 장애 학생들로 인한 것이었다. 교사들 가운데는 장애 학생들을 전인적 존재로 보지 않고 장애 영역에 따른 특성과 심리적, 정신적 문제에 따른 행동만으로 장애 학생들을 인식하려는 경향이 있다. 그렇게 해서는 장애 학생의 교육 및 문제행 동의 교육적 해법을 찾기 힘들다고 나는 생각한다. 보이는 현상보다는 그 현상 이면의 문제를 찾아내 볼 수 있어야만 변화와 발달을 이끌어 낼 수 있다.

진실한 크리스찬이면서 의대 교수였던 이 책의 저자 임교수님은 인간의 삶과 사회적 문제와 현상을 정확히 파악하고 특수교육이 활성화되지 않은 그 시기에 누나와 함께 생활하며 누나를 보살피고 시간 날 때마다 지도하면서 누나가 표현까? 학생들과 함께하면서 느꼈던 그때그때의 상황과 생각을 메모 형식만으로라도 남겨두었더라면 퇴직 후 장애 학생에 대한 편견을 해소시키고 그들을 이해시키는 데 도움을 주는 작업을 할 수 있었을텐데… 뒤늦게나마 임 교수님으로부터 이 책『우리누나 임일순』을 수 백 권 기증받고 또 현장에 그대로 나눔으로써 내가 하지 못한 일들이 싹을 틔우고 가지를 뻗고 또 꽃과 열매를 피우고 맺게 되기를 간절히 소망한다.

외국에는 '아웃사이더 아트'가 미술에서 큰 부분을 차지하고 있다. 정규 교육을 받지 않은 아티스트들의 독창적인 작품을 말하는데, 그 아티스트 가운데 지적장애인들의 비중도 꽤나 되는 것으로 알고 있다. 임 교수님 누나가 정녕 지금과 같은 훌륭한 특수교육기관에서 제대로 교육만 받았더라면 아웃사이더 아티스트로서 위대한 자리를 가졌을 것이라는 생각도 한다. 그러한 명성이 아니더라도 그 누님의 그림은 얼마나 감동적이고 진실하며 내용이 풍부한지 모른다. 임 교수님의 그림 해설과 누나의 삶에 대한 글이 눈물을 자아내게 하는 부분도 적지 않다. 그러니 이 책은 장애인과 그 부모 형제 자매, 또 교사들 모두들에게 그 책임을 말해주고 있다. 이 책을 읽음으로써 조금이라도 특수교육의 내용과 방법 등이 다양하게 접근되어 적용되기를 바란다.

나의 교직 생활을 수행하면서 석, 박사과정까지 마칠 수 있도록 지도해 주신 전북대학교 김천기 교수님, 그리고 모든 과정을 순조롭게 마치고 정년퇴직을 할 수 있게 옆에서 이끌어주고 도움을 준 선배, 동료 및 후배 교사, 가족 같은 이재천 전 전라북도 교육청 감사과장님 등 모든 분에게 감사의 마음을 전합니다. 이외 행정실 직원, 교육실무사, 특수교육지도사, 생활지도사, 조리사, 통학버스 안전요원, BTL 직원, 그리고 학부모님들 등 나에게 도움을 주신 모든 분의 밝은 미래, 빛나는 내일을 힘차게 응원할 것입니다. 칭찬과 격려로 지지해주고 추천의 글을 쓰라고 "명령"해 주셔서 긴 교직 생활을 돌아볼 수 있게 해주신 임교수님께도 특별한 감사의 인사드립니다.

　마지막으로 장애인 교육자의 아내로 살아온 내 아내 김희자 고백교회 장로! 그 인생과 영혼에 사랑과 존경의 마음을 여기에 간신히 담는다. "당신이 함께 해 주지 않았다면 오늘의 나는 없었어." 그리고 나의 두 아들 용현, 용건아! 너희의 멋진 내일도 응원할게. 사랑스러운 며느리 선영이의 건강한 출산을 기원하는 것도 빼놓을 수가 없구나.

　감사합니다!
　고맙습니다!
　이렇게 긴 여정의 교직 생활을 기쁜 마음으로 마칠 수 있음은 나의 하느님과 나를 알고 소통해왔던 여러분 모두의 덕분이었습니다! 아울러 학교를 떠나기 직전에 "우리누나 임일순"을 추천하는 글을 쓰게 된 것도 하느님의 은혜라고 생각합니다.

2021년 12월
정년을 두 달 앞두고 한울학교 교장실에서

우리누나! 임일순

1937.5.20 ~ 2012.1.6

여기에 누나가 나하고 살면서 혼자서 그렸던 그림을
모았다. 한 평생을 집안 구석에서만 살다 외롭게 간
우리 누나가 그린 그림을 많은 사람이 봐주기를
바란다.

임철완 [누나의 책을 내면서] 중

누님이 그린 그림마다 관심을 보여주고 식탁 옆
벽면에 붙여 두고 칭찬을 아끼지 않으셨던 동생인
임 교수님 내외분께 진심으로 존경을 표합니다.
또, 새로운 정보를 받아들이는 것과 자신의 생각을 표현
하는 데 시간이 많이 필요한 지적장애인에게도 칭찬과
격려로 지지해주면 창작활동을 할 수 있다는 것을 보여
주신 두 분께 감사드립니다.

양수남 [교수님 누님 그림책을 보고서...] 중

지면 위에 이미 그려져 있는 그림을 따라서 그대로 블록을 올려 놓는다.
이것도 블록 수가 많아서 쉬운 일은 아니다.
가장 쉬운 첫단계를 마치고 만족해하고 있다. (펜토 체스 퍼즐게임)

누나는 마음만 애기처럼 어린 것이 아니고 몸도 허약하였다.
나하고 같이 지냈던 마지막 수년 동안엔 누나 혼자서는 몇 발자국밖에 걷지 못하였다.
무릎관절도 붓고 힘도 없어서 비슬비슬 몇 걸음 걷다가 곧 넘어져서 항상 내가 손을 잡고 부축을 해야
하였다. 누나가 세상을 떠나기 전 마지막 가을 어느 날 오후 나하고 같이 집 밖에 나왔다.
누나가 혼자서 벤치에 앉아 있는 모습을 별 생각 없이 사진을 찍었다.
그런데 이사진을 보면 볼수록 그렇게 내 마음이 아프다.
조그마한 백발의 늙은 누나가 혼자 앉아서 쓸쓸히 하늘을 보고 있다.
두 손을 마주 모아 다리 위에 올려두고 힘없이 입을 벌리고서 혼자서 하늘을 쳐다보고
있는 모습이 그렇게 외로와 보일 수가 없다.
심리학에 조예가 깊은 한 노년의 예술가가 우연히 이 사진을 보고서 다음과 같이 코멘트를 하였다.
"아무도 대답해 주지 않는 마음속의 질문에 스스로 당황해 하면서 체념으로 일생을 살아온 한 버려진
여인의 모습이 눈을 떼지 못하도록 마음을 감동시킨다" 고…

스티커를 정성 들여 몇 시간씩 붙이고 나선 고개가 아프다고 불평을 하곤 했다.

| 글 차례 |

| 작품 차례 |

누나가 그린 작품들

누나의 그림책을 내면서

2012년 10월 동생 임철완

어머니 생전에 이모들은 정박아인 누나가 어머니보다 먼저 죽는 것이 좋겠다고 말했었다. 그렇게 되어야 어머니께서 편한 마음으로 돌아가실 수 있다는 말이었다. 그러나 어머니께서 돌아가신 후 누나는 18년은 아버지랑 그리고 아버지 별세 후 마지막 8년은 나하고 살다가 올해 1월에 세상을 떠났다. 누나는 1937년 5월 20일에 출생해서 만 75년을 사셨다.

누나가 부모님과 함께 살았던 그 긴 세월 동안 나는 누나에게 무심하였다.

누나는 그냥 부모 몫으로 생각해버리고 나는 부모님이 시키는 범위 안에서 그냥 누나를 위한 심부름을 해 주는 정도이었다. 정박아로서 누나가 겪어야 했던 수많은 고통과 외로움과 억울함을 한 번도 진지하게 생각해주지 못하였다. 나는 대학교육도 부족하여서 박사에 교수까지 하였지만 초등학교도 다니지 못하였던, 누나에 대하여는 그냥 "정박아이니까… " 하면서 미안한 생각조차 하지 못했을 만큼 무심하였다.

　부모님께서 다 세상을 떠나시자 누나를 내 집에 모셔왔다. 보호자가 없이는 도대체 어떻게 살 수가 없는 정신지체장애가 있는 조그마한 한 여인이었다. 나는 그때에야 누나의 행복에 대하여 겨우 생각을 하기 시작하였다. 회갑을 지나고 68세가 되도록 한 번도 자신의 의견을 말해보지 못했던 누나, 슬퍼도 슬프다는 말도 못하였던 누나, 날마다 자신의 의견이 무시를 받았어도 못살겠다고 큰소리 한번 못하고 남이 모르는 그 작은 가슴속에 다 파묻어 버리고 혼자서 흐느끼며 산 누나, 자신이 한 일에 대하여 한 번도 타인의 인정을 받아보지 못하고, 무슨 상장 한 번 받아보지 못하고 산 누나이었다. 이렇게 불쌍한 누나가 스스로의 즐거움과 보람을 느껴보도록 내가 할 수 있는 일을 겨우 생각하기 시작하였다.

　그럼에도 불구하고 나는 여전히 어리석은 동생이었다. 누나가 오랫동안 내 옆에 있어 줄 것으로 생각하였던가 보다. 직장에서 정년퇴직을 하였으면 당연히 누나와 같이서 대부분의 시간을 보냈어야 하였는데 그렇게 하지를 못하였다. 누나는 지난 2012년 1월 6일 이른 아침에, 나하고는 미리 의론도 하지 않고, 아무런 저항도 하지 않고서 그냥 세상을 떠나버렸다.

　나하고 사는 동안 누나는 그림을 그리고 나는 그것을 누나와 함께 밥을 먹는 식탁 옆 벽에 붙였다. 벽에 그림이 가득 차면 떼어서 책장에 넣었다.

그러면 누나는 새 그림으로 또 벽을 채우기 시작했다.

그림을 봐주는 관람객은 나, 우리집 가사일을 맡아 하시는 도우미 아주머니, 그리고 아내이었다. 아내는 하루 종일 소아과 의사로서 시간이 나지 않았지만 그림을 종종 보아 주었다. 무엇보다도 무슨 낙서 같은 그림으로서 집안의 벽을 장식해버리는 것을 남편이 하는 일이라고 항상 너그럽게 봐주는 것이 고마웠다.

가장 중요한 관객은 누나 즉 화가 자신이었다.

혼자서 그림을 보고 기뻐하였다. 그림을 그리면 나한테 벽에 붙여달라고도 하였다. 내가 한 일은 동네 문방구에서 크레파스, 연필, 도화지, 스티카, 클레이 등을 사다 주는 일과 그림을 봐주는 일 뿐이었다. 제대로 된 도화지(스케치 북)를 사주신 분은 전주와서 알게 된 김혜미자 누님이었고, 그리고 보건교사 양수남 선생, 또 내가 여러 번 수술을 받아서 알게 된 전북대학교병원 간병사 이현숙씨이었다. 내가 공급 한 종이는 거의가 이미 지나가버린 수많은 달력이었다. 각종 회사에서 나오는 여러 크기의 공짜 달력의 뒷면은 그림 그리기에는 안성맞춤이었다.

누나와 살면서 내가 알게 된 사실 중 아주 중요한 것은 사람은 칭찬을 꼭 해주어야 하겠다는 것이다. 그리고 같이 있어주어야 하는 것이다. 더군다나 학교나 직장이나 사회에서 상 받는 일과는 거리가 멀고 같이 어울리는 친구 하나도 없는 정신지체장애인에게는 정말 정말 칭찬이 필요

하다는 것이다.

　누나가 나를 가장 기쁘게 해주는 것은 나의 하찮은 보살핌이라도 기뻐하는 모습이었다. 정말, 정말 누나가 나의 지극히 작은 관심에 기뻐하는 것을 보면 그것처럼 나를 감동시키는 것이 없었다.

　그래서 신약성경에서 사도 바울은 신자들에게 항상 기뻐하라 범사에 감사하라고 충고하였던 모양이다. 내가 나의 평범한 삶에서 기뻐하고 감사하면 아마도 내가 누나에게 감동받듯이 하나님께서도 나에게 감동을 받으시리라고 믿는다.

　여기에 누나가 나하고 살면서 혼자서 그렸던 그림을 모았다.

　누나의 그림 촬영을 도와 준 박현미씨와 좋은 친구처럼 책을 만들어 준 아사히출판 최정란실장에게 감사하는 마음이다.

　한 평생을 집안구석에서만 살다 외롭게 간 우리 누나가 그린 그림을 많은 사람이 봐주기를 바란다. 천국에 계시는 우리 누나와　부모님께서 함께 기뻐하실 것으로 믿는다.

양 수 남
순천 선혜학교 보건교사

교수님 누님 그림을 보고서...

처음으로 본 누님의 그림은 2005년 교수님 댁 장식장에 붙여진 색칠그림이 었습니다. 화분의 꽃 그림이었는데 밑그림을 제대로 채우지 못하고 거칠게 그려져서 과잉행동을 보이는 어린 아이의 그림인줄 알았습니다.

지적장애를 가진 누님의 존재를 알게 되었고 동거하는 가족들이 외출하고 난 후 혼자 계신 시간 동안 동생이 준비해준 펜과 종이를 친구 삼아 지내셨 다고 합니다.

천성적으로 그림 그리는 것에 소질이 있으셨는지 많은 시간을 펜과 종이를 가지고 끼적거리시다보니 당신이 표현하고 싶은 그림이 되었는지는 알 수 없 으나 시간의 흐름에 따른 그림의 변화를 보면 분명히 누님께서 느끼셨을 것 같은 '창작'의 기쁨이 전해집니다.

창조는 모방에서 비롯된다고 하였듯이 누님도 수많은 모방을 하셨다는 것을 최근에 알게 됐습니다. 신문지 광고란의 사람과 동물의 형태나, 동생이 선물로 받은 엽서에 있는 그림의 형태를 당신의 펜으로 따라 그리기를 꼼꼼히 하셨 습니다. 참 좋은 방법이라고 생각했습니다.

그림의 소재도 얼마나 다양한지 놀랍습니다. 인물, 동물, 과일, 젊은 시절에 본 허수아비와 막대총, 글씨 등 참으로 많은 것을 그림과 글씨로 표현하셨 습니다. 어머니나 동생이라고 그린 그림이 많고 어머니 이름을 자주 쓰신 것을 보면 비록 지적장애를 가졌지만 딸로서 어머니를 생각하는 마음과 맏이로서 동생들에 대한 사랑이 많았나 봅니다. 생리적인 것과 의식주를 스스로 해결 하지 못하여 주변의 도움을 받지만 인정받고자 하는 욕구와 자존심, 성취감을 갖고자 하는 의지는 비장애인 못지않다는 것을 누님을 통해서 알게 되었습 니다.

처음부터 전시회를 염두에 두고 그림을 그린 것도 아니고 그리기에 대한 특별한 교육이 있었던 것도 아니었다고 합니다. 화구가 볼펜, 싸인펜, 색연필, 달력종이, 복사용지 등으로 소박해서인지 누님의 기분이 더 잘 느껴지고 그 성실성에 고개가 숙여집니다.

최근의 누님 그림을 보면 표현에 한계가 있어 단순하기 그지없지만 어린아이의 그림이 아닌 성인의 그림인 것을 느낄 수 있습니다. 화지를 꽉 채운 그림과 다양한 탈 것과 탈 것 안의 많은 사람들, 빨판을 강조한 문어, 새끼를 밴 동물, 천사와 악마 그림, 예수님과 하나님 같은 글씨 등이 그렇습니다.

뵐 때마다 계절과 연세에 맞는 깔끔한 의상과 흰 단발머리를 헤어핀으로 단정하게 하신 누님의 가슴에 항상 꽂혀 있는 펜이 생각납니다. 해맑은 미소로 '식사하시게~, 또 오시게~'하고 환대해주셨던 누님께 감사드리고 지적장애인 화가 누님을 알게 된 것을 기쁘게 생각합니다.

누님이 그린 그림마다 관심을 보여주고 식탁 옆 벽면에 붙여 두고 칭찬을 아끼지 않으셨던 동생인 임교수님 내외분께 진심으로 존경을 표합니다.

또, 새로운 정보를 받아들이는 것과 자신의 생각을 표현하는 데 시간이 많이 필요한 지적장애인에게도 칭찬과 격려로 지지해주면 창작활동을 할 수 있다는 것을 보여주신 두 분께 감사드립니다.

이 연 희

전) 영암 도포초등학교, 순천 선혜학교 교사

임 교수님 집을 방문하고…

며칠 전 친구를 따라 전주에 갔었다.

전주엔 친구가 가끔 가는 병원이 있고, 그 병원의 의사선생님으로, 지금은 퇴직하신 교수님이 계신다.

친구로부터 친절하고 자상하신 교수님이야기를 자주 들었다. 또 선생님 댁에 지적장애를 가진 선생님의 누님 한 분이 그림을 그리시더라는 이야기를 들은 적이 있었다.

그 누님이 이번에 돌아가셨고. 선생님은 누님의 그림전시회를 생각하고 계신다고 했다.

우리가 도착하자 반갑게 맞아주시며, 누님의 그림을 보여주셨다. "우리 누나는 2차원 그림을 그리셨어."

하시며 천천히 펼쳐 하나하나 그때 당시의 이야기를 해주셨다.

우리의 입에선 연신

'우와 정말, 어쩜, 재미있어라, 꼼꼼히도 그리셨네, 얼마나 힘들었을까? 미적 감각도 대단하시네' 하는 감탄의 말들이 쏟아졌다.

누님의 연세가 76세셨고, 이름이 임일순이라는 것도 알았다.

어머니는 먼저 돌아가시고, 아버지 보호 밑에 사시다가 아버지마저 돌아가시자, 7년 전 전주의 동생 집에서 살게 되었다는 이야기도 하셨다.

처음에 선생님은 누님이 종일토록 심심할까봐 연필이나 싸인펜을 드리고 그냥 빈 종이에 끄적이도록 했다. 점점 모양이 나타나고 형태가 어우러져 조금씩 그림으로 발전해갔다.

스티커로 구성하기도 하고, 색 찰흙으로 만들기도 했다.

뜻도 모르는 글씨를 달력 종이에 촘촘히 쓰면서 월, 화, 수, 목, 금, 토, 일 또 어머니와 동생들의 이름도 쓸 수 있게 되었다.

저녁이면 누나와 동생은 그림이야기로 재미있게 웃으며 친해질 수 있었다.

"누나 뭘 그렸어?"

"허세비(허수아비)"

"그래. 눈이 정말 무섭네. 재미있게 그렸네."

"허세비를 언제 봤어?"

"그때 그때(옛날 어렸을 때)"

선생님은 누님의 대답을 그대로 그림 한쪽에 써놓으셔서 그 저녁의 정경을 이야기 해주실 수 있었다.

7년여 동안의 그림들을 넘기시며 어떤 그림에선 웃으셨고, 또 다른 그림에선 눈물을 글썽이기도 하셨다.

처음 그림과 나중의 것 또 최근의 것이 확연히 다르게 발전해가는 것을 알 수 있었다.

새를 그렸는데, 그 속에 또 작은 새를 그렸을 때

"누나 뭣을 그렸어?" 하고 묻자

"새여. 새가 새끼 뱄어."하고 대답하던 누님의 단순하고 순수함을 말씀하실 때, 우리는 곧바로 "언니는 오히려 행복했겠어요.

그 많은 시간을 이렇게 순수한 그림을 그리시며 마음 뿌듯하게 지내셨을 테니까요."

하고 말할 수 있었다.

그림을 벽에 붙여드리면 자랑스런 표정으로 오랫동안 바라보던 어린 누님은 그림 앞에서 사진 찍기를 아주 좋아하셨다고 쓸쓸하게 웃으셨다.

선생님은 퇴직 후 보다 많은 시간을 누님과 같이 더 재미있게 지내고 싶었다.

그 동안 바쁜 일과를 핑계로 누님과 충분한 시간을 보내지 못한 점을 무척 아쉬워하신다.

"우리 누나처럼 지적 장애가 있는 사람도 노력한 만큼 천천히 발전할 수 있다는 걸 보여주고 싶다." 하시며 살아계실 때 전시회를 해드렸어야 하는데, 이렇게 갑자기 가실 줄 몰랐다며 안타까워하신다.

그 동안 정성스레 모아 온 많은 양의 그림과 글씨들이 가신 누님의 아름다운 자취요, 선생님의 누님을 향한 사랑이라고 생각되었다.

소박하고 뜻 깊은 전시회가 될 것이라 믿는다.

하늘에서 내려다보는 누님도 빙그레 웃으실 것이다.

어쩌면 지금쯤 장애를 벗고, 우리들 곁에 오셔서 전시회를 구경하시리라 생각 해본다.

이 영 희
동생

언니를 사모하면서...

새해가 시작한 첫 달 첫 주
이 모양 저 모양의 나눔도 없이 이렇다 할 애틋한 말 한마디 하직인사도 없이
왕의 초대 받은 즉시 황망히 떠나버린 사무치게 그리운 언니야!
이제 아픔, 질고, 외로움, 슬픔, 서러움 그 모든 것 훌훌 벗고 언니의 고통을
진정으로 알아주고 들어주시는 예수님의 품에 안겨 그토록 보고 싶고 그리운
엄마, 아빠 만나 천사들과 함께 아름다운 동산을 거닐며, 찬양하며 동생들과
조카들을 위해 기도하고 있을 언니를 그려봅니다.

언니,
어렸을 적 학교 다녀오면
늘 동생들을 위해 좋은 것은 먹지 않고 남겨 놓고 기다린 언니

세 동생들을 키우는 어머니 손길에서 벗어나
친구들의 놀림감으로
부모님의 꾸지람으로
형제들의 질책 속에서
늘 아웃사이더 되었던 언니

이러한 삶을 당연한 듯 고스란히 받아들이며
불평 한번 못 해본 언니
부모님 떠나가신 후
시커멓게 타버린 그 마음 표현한번 못 해본 언니

병원 무서워 제대로 아프다는 말 한번 못하고
괜찮다고만 한 언니

틀니가 갈수록 망가져 음식 한번 마음껏 못 먹은 언니
그래도 괜찮다고만 한 언니

부축없이 걷지 못했던 언니
아무것도 할 수 없었던 언니
그래도 속옷은 빨며
동생들 일 도우려 하는 마음으로 가득한 언니

아리고 서럽고 외롭고 슬프고 고통스런 마음이 어찌 없었을까마는
그 모든 것 표현 한번 못 해보고
너무 억울하고 힘이 들면 악 한번 쓰는 것으로 대신했던 언니

그 어느 날 저녁 밤이 새도록 울었던 언니
그냥 마음껏 울어보라고 묻지도 않았던 동생
언니, 미안해 가슴이 저리도록 미안해
그때 언니 손 잡아주고 언니 마음을 받아주었더라면
언니의 마음이 얼마나 편했을까
언니의 슬픔과 고통이 눈 녹듯이 사라졌을 텐데
이렇게도 무정하고 무심한 동생
그래도 언니는 동생들밖에 몰랐어
언니의 그 사랑 알고 있어
얼마나 동생들을 사랑했는지를
진정으로, 진정으로 동생들을 사랑했던 언니

언니는 우리 집의 예수님이었고
우리에게 인생이란 무엇이며, 사랑은 어떻게 하는 것인지 알려 주었어

언니,
눈길이 머무는 곳, 마음이 머무는 곳마다 언니의 모습으로 가득해
울컥 울컥 눈물이 솟구치는 것 어쩔 수 없네.
언니~ 언니~ 아무리 불러 봐도 언니 목소리 들을 수 없고
아무리 둘러봐도 언니모습 볼 수없는 현실에
마음 가득가득 눈물만 고이네.
작은 오빠의 지극한 사랑과 보살핌으로 그려 나갔던 우리 언니의 솜씨
언니의 혼과 얼이 고스란히 담겨져 있는 그림
그 그림으로 언니를 대신하며
이제 우리도 가야할 그곳
주님이 계신 곳 에서 만날 날을 기대하면서
"살든지 죽든지 내 몸에서 그리스도가 존귀히 되게 하려 하나니 이는 내게
사는 것이 그리스도니 죽는 것도 유익함이라" 빌립보서 1장 20-21
말씀으로 위로받으며 이 말씀 우리 언니에게 드립니다.
예수님 사랑으로 모든 역경 견디며
웃을 수 있었던 우리언니
언니의 나그네길 업고 다녀주신 예수님
너무 너무 감사합니다.
주님, 찬양합니다.
사랑합니다.

2012년 부활절

임 철 완

작은 남동생 (전북대학교 명예교수)

누나가 십대 소녀 일 때(앞에 서 있는 처녀),

앞줄 중앙의 작은 남자아이가 나,

어머니 품에 안긴 여동생.

뒷줄에 형. 그리고 친척 누나

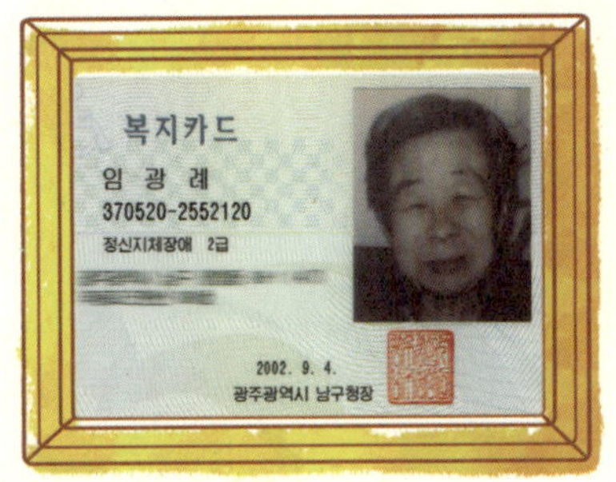

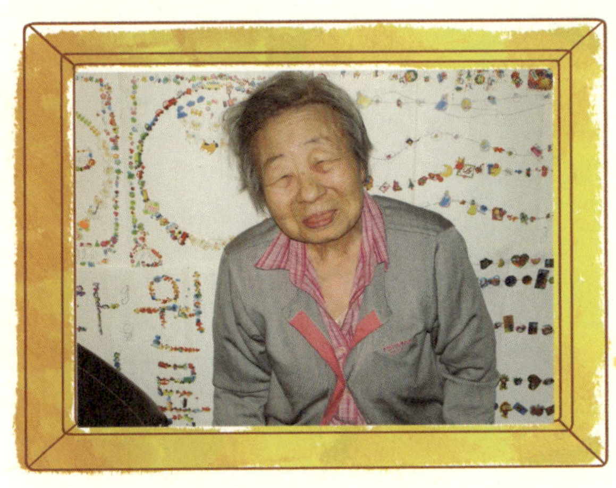

누나는 2급 정신지체장애자이었다.
임일순은 집에서 불렀던 이름이고, 주민등록(호적)에는
임광례로 되어 있다.

누나와 함께 아중저수지
벚꽃 야경을 보러와서

누나! 하고 부르기만 하여도 내 눈에는 눈물이 맺힌다.

2012년 1월 6일 금요일 아침에 나의 불쌍한 누나가 죽었다. 벌써 4개월하고 일주일이 지났다. 사실 어머니 돌아가실 때보다 더 슬프고 더 가슴이 아팠다.

그 전 주일날, 1월 1일, 누나는 교회에 가고 싶다고 외출복을 다 입고서 식탁의자에 앉아있었다. 집에는 결혼한 두 아들 가족들이 다 함께 와 있었기에 누나는 한쪽으로 밀려나 있었다. 뜰이 있는 단독주택도 아니고 아파트 집인데 나와 아내와 누나 이렇게 셋이 있는 조용한 공간에 갑자기 어른 네 명과 한참 뛰어다니는 아이들 셋이 함께 들여 닥쳤으니 말이다.

내가 "누나. 오늘은 광주교회에 못 가. 다음 주일에 내가 데리고 갈께" 하고 말하자 누나는 두말도 않고 입었던 겉옷을 벗었다.

누나는 자신이 혼자선 교회당에 갈 수 없다는 것을 알고 있다. 그러므로 언제나 내가 교회에 가자고 말을 해야 옷을 입었다. 항상 그랬다. 그런데 정말 처음으로 나한테 묻지도 않고 먼저 교회에 갈 옷을 입었다. 아마 자신의 일생 마지막 주일인 것을 알았던지 모르겠다.

두 아들 식구들이 다 떠난 후에 집이 원래 모습대로 조용하여지자 나는 누나에게 물어보았다 "누나. 성엽이 성훈이 아이들이 다 함께 오니까 누나는 집에서 있을 곳이 없어서 안 좋지? " 하고. 누나는 "그래"라고 대답하였다. 세상을 떠나기 며칠 전 일이다.

물론 누나는 조카 식구들이 모두 방문하였을 때 무슨 불평을 말한 적은 없었다. 자신의 보잘것없는 위치를 알고 있었다. 나의 불쌍한 누나는 내가 아내랑 자는 방은 8년 내내 감히 노크 한번 하지 않았다.

누나는 정말 내 말은 다 들어주었다. 지난 8년 동안 우리 집에서 사는 동안 내가 광주 큰동생 집에 가자고 하면 혼자서 눈물을 감추고 따라 나섰다. 일단 광주 형 집에 가면 내가 다시 데리러 오길 애타게 기다렸다. 나는 무슨 학회에 참가한다고 집을 비우게 될 때는 광주 형 집에 누나를 자주 맡겼다. 그러나 누나는 항상 우리 집에 있고 싶어하였다. 그래서 나는 누나가 형 집에 있는 기간 동안엔 항상 마음이 아팠다.

누나를 광주서 집으로 데리러 올 때나 광주로 데려갈 때나 종종 아내가 동반하여 힘이 되어주었다. 그러나 나 혼자서 누나를 데리러 가고 오고 할 때는 승용차의 뒷 자석에 누나를 앉히고서 나 혼자서 울면서 운전을 하였다. 그냥 눈물이 나왔다. 천국에 계신 부모님께서 똑똑하지 못한 딸을 보시면서 얼마나 마음이 슬플까하는 생각도 해보고, 내가 누나를 데리고 사는 것을 부모님께서 보시고 미소를 지으실까 하는 생각도 하였다. 또 나만 전적으로 의지하고 있는 누나를 보면 웬지 마음이 더 슬퍼졌다. 누나는 내가 가자고 하면 어디든지 마치 말 못하는 소가 주인을 따라가듯이 따라나섰다. 몸이 약하여서 혼자선 몇 발자국 걷다가 넘어지곤 하였다. 그래서 내 손을 잡고 다녔다.

 누나는 때로 나에게 악을 쓰면서 반항을 하였다. 내가 누나 속옷을 점검하거나 목욕을 시키려고 할 때였다. 그러나 누나는 나를 의지하고 살면서 내 말은 정말 다 들어주었다. 그리고 마음 만은 나를 정말 위해 주었다. 비록 네 살 정도의 지능을 가진 정박아라고 하지만 사람의 정신을 어떻게 정신과의사의 장애등급 하나로 다 평가할 수 있겠는가? 누나는 자신의 생활용품(치약이나 비누나)이 떨어지거나 목욕탕 온수가 나오지 않으면 나에게만 말하였다. 몸이 아파도, 아내에게 불평이 있어도, 파출부 아주머니가 마음에 안 맞아도 나에게 말을 하였다. 나만 의지하고 살면서도 나를 퍽 조심하였다. 내 서재에는 나를 조심해서 들어오지 못하였다. 서재 방문 앞에서 내 눈치를 보며 서 있곤 하였다. 그렇게 불쌍한 누나를, 나는 누나가 보기 싫을 때도 있었다. 불평의 내용이 무엇이 되었든지 불평만 듣고 있는 것은 정말 지겨웠기 때문이다. 그러나 그 불평을 모두 따뜻하게 들어주지 못한 것이 마음이 아프다. 정말 한 없이 마음이 아프다.

 나는 누나를 통하여 하나님께서 순종을 제사보다 더 기뻐하신다는 말을

100% 이해하게 되었다. 우리 누나가 내 말을 믿고 기다려주거나 내가 준 치약이나 비누 하나를 기뻐하는 것을 보면 정말 내가 하나님 앞에서 어떻게 살아야 할 것인가를 알 것 같았다. 아마 하나님께서도 자신이 나에게 주신 일용할 양식을 기뻐하면서 사는 것을 보시면 정말 기뻐하실 것으로 믿는다.

The Two Worlds of Ilsoon

Renata Zerner

Artist and the author of " Dance on the Volcano. A Teenage Girl in Nazi Germany".
Los Angeles, California, U.S.A.

I met Ilsoon when I visited the Ihm family in South Korea, a small, gray-haired lady, who sat demurely on her chair, looking at me with interest, a faint smile on her face. My friend, Dr.Ihm Chull-Wan had often mentioned his mentally- handicapped elder sister and the concern he had about her.

While she lived with her parents, she was not encouraged to draw, though she attempted to write or draw by copying individual letters. After the death of both parents, she moved to Dr. Ihm's house and received art materials. Encouraged by Dr. Ihm and in the surroundings of his warm and loving family, she spent every day drawing many hours. She also loved pasting down tiles and glittering beads, forming images.

When I first saw Ilsoon's drawings, I noticed the extraordinary intensity of her work, a spontaneous outpouring that one finds in the artwork of young children not yet influenced by academic training, and therefore rich in expression. Dr. Ihm helped along, encouraging her to continue her art work by asking her the meaning of her drawings and taking notes. His interest gave her a sense of importance and the feeling that her work had meaning, and that someone cared about her and her work, and understood her.

I am an artist and in the past, I have conducted art workshops in my studio and at the Junior Art Workshop of the Los Angeles County Museum of Art, including children from the Psychiatric Unit of the Educationally Handicapped Children of the Los Angeles County-USC Medical Center. Like many artists in the past (Klee, Kandisky, Picasso), and because of my teaching experiences, I have been drawn to young children's art: the immediacy without concern for "right"and "wrong," the use of color and design. Children's art appears to be an attempt to express feelings and to communicate. The art of the mentally disabled often resembles that of young children and often contains a message.

The first drawing that caught my attention (No. 1-3) is the one of her traumatic experiences during the Korean War when she was a teenager and the family had to flee to the countryside for protection from the fighting. The scene shows three figures huddling in a small house, and outside in the field is a huge scarecrow. Though Ilsoon drew the

"

picture when she was about seventy years old, she still remembered this difficult period in her life.

At times, she had to stay in another sibling's house, and her drawings became more sinister, like the huge fish with its big teeth(No. 9-1), or the animal with one eye from which tears run down(No. 9-6). The figures look drab and somewhat unhappy.

In her drawing of "fathers and mothers(No. 2-11)," the mothers are green and the fathers are black. Squeezed between them is a tiny figure, as if overwhelmed or oppressed by the taller figures. Groups of people are arranged in strict order, as in the cable car(No.2-8) and the bus pictures(No. 2-20). The circles alongside the bus are its wheels.

Stick-on tiles and glittering beads give her pictures a playful feeling, and sometimes she mixes materials, as in the one of the colorful sailboat(No. 1-9).

Her animal pictures show the distinct characteristics of the creatures she depicts, as for instance, the big eyes that glow threateningly out of the dark: it can't be anything other than an owl in a tree(No.3-30). There is a happy playful scene of an African landscape with giraffes and two figures bathing; and many animals with big manes and big teeth, perhaps a lions.

One week before she died, she drew a landscape (No.1-2) with bare, leafless trees; its branches are black. The last picture (No.1-1) is a similar landscape, but now the sky is black with two large yellow circles, perhaps the sun and the moon.

When I look at Ilsoon's photograph as she sits on a park bench, I see an old lady, looking forlornly into the sky. But her pictures glow with intensity and emotion, and when I look them, I notice the richness within her soul. With her artwork, Ilsoon revealed her inner world to us, as well as the world around her as she saw it.

Renata Zerner 2012

일순의 두세계

레나타 저너

내가 일순을 만난 것은 한국의 Dr. 임 가족을 방문했을 때였다. 반백의 머리인 그녀는 작은 몸매에 희미하게 웃음 띤 얼굴로 의자에 얌전하게 앉아서 나를 관심 있게 바라보았다. 이전에 내 친구 Dr. 임철완은 정신지체장애가 있는 그의 누나에 관하여 염려하면서 가끔 말하곤 했었다.

일순은 부모와 함께 살았을 때 그녀 혼자서 글자를 본떠 그대로 그려보기도 하였지만 아무도 그녀에게 그림 그리기를 권장하지는 않았다. 부모를 모두 여의고 닥터 임 집으로 옮겨와서야 그녀는 그림도구들을 받게 되었다. 닥터 임으로부터 그림 그리기를 권장 받으면서 그리고 그의 따뜻한 가정분위기에서 일순은 날마다 몇 시간씩 그림을 그리면서 시간을 보냈다. 그녀는 또 반짝이는 스티카들과 색종이를 붙이기를 좋아해서 그것들로 다양한 모양을 표현하였다.

나는 그녀의 그림들을 처음 보았을 때 보통을 넘어서는 강렬 함을 발견하였다. 그것은, 인위적 교육의 영향을 받지 않은 어린아이의 작품에서 찾아볼 수 있는, 스스로 넘쳐나는 풍부한 표현이었다. 닥터임은 그녀의 그림에 대하여 의미를 물어보기도 하고 메모도 해가면서 그녀가 그리기 활동을 계속하도록 용기를 북돋아 주었다. 그런 배려는 그녀가 자신의 미술작품이 중요한 의미가 있다는 것을 깨닫게 하였고 누군가가 자신과 자신의 활동을 보살피고 이해하고 있다는 것을 느끼게 하였다.

나는 일생 전문화가로서 내 화실에서, 그리고 내가 사는 로스앤젤레스(LA) 시립 미술관에서 청소년 미술교실을 운영해왔다. 나의 수업에 참여하는 학생들 중에는 정상교육을 따라가지 못하는 정신장애어린이들도 있었는데 이들은 LA USC 메디칼센터 정신과로부터 의뢰된 어린이들이었다. 과거 Klee, Kandinsky, Picasso와 같은 예술가들과 마찬가지로, 또 나 자신의 경험으로도, 나는 어린이들의 미술에 매료되어왔다. 어린이들의 그림에는 선악(善惡)을 판단해 보기 이전의 대상 자체에 대한 직접성과 색과 디자인이 있기 때문이다. 어린이들은 느낀 그대로 소통하고 싶은 의도가 있는 것 같다. 정신지체장애자들의 미술은 어린이들 미술과 종종 비슷하며 때로 어떤 메시지를 함유하고 있다.

나의 관심을 끈 첫 번째 그림(No. 1-3)은 그녀가 십대소녀일 때 한국전쟁(6.25) 동안 가족이 피난 갔을 때 보았던 충격적인 체험을 그린 것이다. 그 그림은 작은 집 속

에 밀고 들어간 세 사람과 밖에 서 있는 큰 허수아비를 보이고 있다. 일순은 그 그림을
약 70세가 되었을 때 그렸는데 아직까지 그 어려운 때를 기억하고 있다. 때때로 그녀
는 닥터 임 집을 떠나 다른 형제 집에 머물러야 했다. 그때 그녀 그림은 큰 이빨을 가
진 물고기(No. 9-1), 또 한 눈에서 눈물을 흘리는 동물(No. 9-6)이 보여주듯이 활기 없
고 불행해 보였다.

"아버지와 어머니들 (No. 2-11)에서는 어머니들은 초록색, 아버지들은 검정색이고
그들 사이에 끼여들어 간 작은 모습 하나는 큰 사람들에게 압도당하고 억제당한 모습
이다. 케이블카나 버스 안의 사람들은 엄격하게 질서있게 배치되었다. 버스에 붙어있
는 동그라미들은 버스 바퀴들이다.

스티커를 사용한 그림들은 활발한 정서를 드러내고 범선(No. 1-9)에서 보이듯이 그
녀는 때때로 여러 가지 재료들을 함께 혼합하여 사용하였다. 그녀의 동물 그림들은 자
기가 그린 동물들의 독창적이고 두드러진 특징들을 보이고 있다.

예를 들면, 어둠 속에서 위협적으로 빛나는 큰 눈을 가진 존재는(No. 3-30) 나무 위
의 올빼미가 아니고는 다른 것을 상상할 수가 없다. 아프리카대륙의 행복하고 활기찬
광경들, 사슴, 목욕하듯이 물에 잠긴듯한 두 동물. 길고 숫이 많은 갈기들과 큰 이빨을
가진 것은 아마도 사자일 것이다.

그녀가 별세하기 일주일 전에 그린 경치(No. 1-2)는 잎이 다 떨어진 헐벗은 나무들
을 보이는 풍경화이다. 나뭇가지들은 다 검정색이다. 마지막 날에 그린 그림(No. 1-1)
도 비슷한 광경이지만 이제 하늘은 검정색이고 그곳에 해와 달이라고 할 수 있는 두
개의 원이 떠있다.

공원 벤치에 앉아 있는 일순의 사진을 보면 고요하게 하늘을 보고 있는 한 늙은 여성
이다. 그러나 그녀의 그림들은 강도 높은 감정을 뿜어내고 있다. 나는 그 그림들을 보
면서 그녀 영혼의 풍요함을 본다. 그녀의 그림을 통하여 일순은 그녀 눈으로 본 주위
세계와 함께 또한 그녀 내부 세계를 우리들에게 보여주고 있다.

저자 주 : 글쓴이 레나타 저너는 자신의 십대 소녀기를 나치 히틀러 치하에서 보낸 독일계 미국여성으로, LA에서 50
여년 동안 전문화가로 활동 중이다. 저서에는 "Dance on the Volcano. A Teenage Girl in Nazi Germany"가 있다.

CHAPTER 01

우리 누나가 그린 경치

우리 누나가 그린 경치

2012년 1월 4일에 누나는 이 그림을 그렸다. 그날 나는 외출하였다가 돌아왔다. 저녁에 누나랑 같이 식탁에 앉아 그날 누나가 그린 이 그림을 본 순간 빈센트 반 고호가 죽기 며칠 전에 그렸다는 "까마귀가 나는 밀밭 (Wheat field with crows)"이 생각나서 가슴이 왠지 슬퍼졌다.

왜 하늘을 검정색으로 칠했을까? 고호의 그 그림도 하늘에 검정색이 짙게 칠해졌는데…… 검은 하늘에 노란 달은 양수남선생이 얼마 전에 사 준 클레이로 만들었다. 처음에는 노란 반지처럼 되었길래 나와 누나가 같이 쟁반모양으로 만들었다. 레이스 모양으로 연결된 초록색 타원들은 풀밭이라고 하고 그 가운데를 강물이 흐른다고 누나가 말했다. 왜 달을 두 개나 그렸을까? 정확한 이유는 모르겠다. 아버지와 어머니일까?

그러나 풀밭과 강물과 그 아래에 서 있는 나무들과 병아리들을 보니 누나는 대칭으로 잘 배열 된 경치를 그리고 싶었던 모양이다. 정말 혼자서 노력을 하였다. 1월 4일과 5일 나는 이 그림을 누나가 날마다 가장 오랜 시간을 보내는 식탁 옆 벽에 붙여놓았다. 그리고 1월 5일 밤에 누나는 깊이 깊이 잠이 들었다.

그리고 그 다음날 아침에 세상을 떠났다.

2012

그림 1-1

2011.
12월

그림 1-2

이 그림은 미완성같다.
그림 상부의 많은 머리카락 같은 것은 나무라고 하였다.
그림 1-1보다 약 2주 전에 그렸다. 새들과 자동차(빨간 차체와 바퀴가 보인다)뿐 아니라
모든 대상을 모두 2차원으로 그렸다.
나는 누나가 그림을 다 그려놓으면 벽에 압정으로 붙이면서 참 좋다고 칭찬을 한다.
누나가 그림을 그리고 있는 동안 나는 외출하거나 서재에서 독서하였다.
그림을 그리는 전 과정을 종일같이 하여주지 못한 것이 정말 마음 아프다.
누나는 자기가 그린 그림을 내 책상 위에 갖다 두기도 하고 벽에 붙여주라고 말하기도 하였다.

● 그림 1-3

6.25동란 때 피난 가서 보았던 밭과 허수아비다.
밭에는 자갈들이 많이 깔려있다.
농가 안에는 가족들이 들어있다.
누나는 당시 13세이었다. 그러니까 60여년전 기억이다.

상부의 빨간색들은 나무잎들이다. 그 사이의 파랑은 나무 사이의 하늘이다.
수직으로 배치되어 있는 갈색들은 땅이고 그 땅들 사이로
초록, 파랑, 보라, 등으로 나무들이 서 있다.
역시 누나는 3차원 표현을 못한다. 그러나 2차원의 그림 세계가 눈물겹다.

● 그림 1-5

산 위에는 숲이 있다. 그리고 큰 나무가 두 개 서 있다.
산 아래에는 자동차들이 있고 산 위 하늘에는 해와 별이 있다.
하늘과 땅과 세상만사의 기본 위치는 알고 있다.
그림 1-1에서는 둥근 달이 두개, 여기에서는 해가 두 개. 자기도 모르게
부모님을 생각하였을까? "임일순" 은 친필 서명이다.

녹색의 산에 큰 나무, 그리고 해, 달, 별

그림 1-6

나무들이 더 많이 서 있다. 스티커를 더 많이 사용하였다.

● 그림 1-7

숲

● 그림 1-8

동생인 나는 배를 좋아하여서
우리 집에는 배(그림, 모형 배, 책 등)가 아주 많이 있다.
누나가 어느 배를 그렸는지 모르겠다.

● 그림 1-10

● 그림 1-11

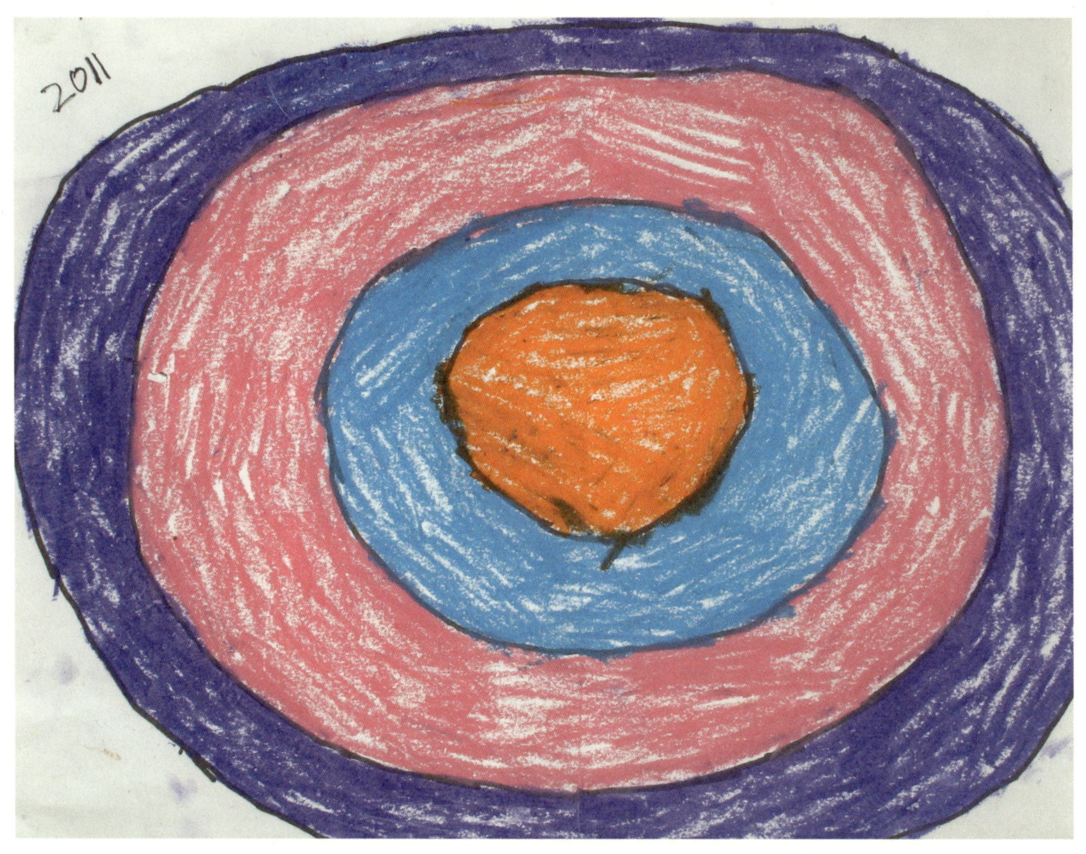

● 그림 1-12

무엇을 그렸을까? 올캐가 쓴 모자일까?

교회당!

● 그림 1-13

부모님 묘지에서...
누나는 두 올케 동생 뒤에서 마치 숨어서 보듯이 부모님 무덤을 보고 있다.

CHAPTER 02

우리 누나가 그린 사람

우리 누나가 그린 사람

누나가 그린 사람들은 역시 가까운 사람들을 많이 그렸다.

어머니, 그리고 한집에서 살았던 두 올케 동생들, 그리고 여동생 영희 그리고 나, 아버지 등이다. 큰 남동생(나는 작은 남동생)은 한 번도 그려본 적이 없다. 어머니를 비롯한 여인들의 머리에는 대개 머리핀을 잊지 않고 그렸다. 누나는 거의 모든 그림에 제목을 써 두었다. 비록 형편없이 틀린 글자이지만 동시지(동생), 크도시(큰동생), 짐허진(김혜진)하고 그림마다 그 제목을 마치 자기 서명처럼 써 두었다. 누나가 쓴 글자들 중 가장 많은 것이 저, 저, 저... 저 자(字)이다. 나는 왜 저, 저를 그렇게 많이 쓰는가를 한참 동안 몰랐다. 결국 그 글자는 어머니 이름 전순화의 첫 번째 글자를 쓰고자 함이었다.

누나 그림에 귀신(마귀)도 있고 천사도 있다. 마귀 얼굴은 수많은 혹으로 덮어서 보기 싫게 또는 무섭게 그렸고, 천사는 양 팔 위에 양 날개도 그리고 예쁘게 색도 칠했다. 손가방과 어린아이를 안은 여인도 그렸다. 여자들은 머리에 대개 핀을 꼽아주고, 초록이나 빨강 옷을 입혀주고 남자들은 역시 검정 옷이 많았다. 그림 2-11 그림을 보면 많은 여자와 남자들 사이에 작은 사람이 하나 끼어있다. 우리 집 가사도우미 아주머니라고 한다. 누나는 집에 일하러 오시는 아주머니는 계급(?)이 낮다는 것을 알고 작게 그린 모양이다.

"시내버스"에서는 버스 창문과 바퀴들, 그리고 그 안의 사람들을 다 그려냈다. 물론 2차원의 그림이지만 집 안에서 혼자서 상상을 해낸 것이 눈

물겹다. 무덤 속의 사람들은 물론 누나가 그렇게 제목을 쓴 것은 아니다. 그림을 그리는 중 무엇이냐고 물어보니 한 번 그렇게 말하였다.

이렇게 많은 내용을 담은 그림은 마치 Surrealism화가들이 그림을 그리면서 그 생각이 발전하듯이 누나도 그랬을 것으로 생각한다.

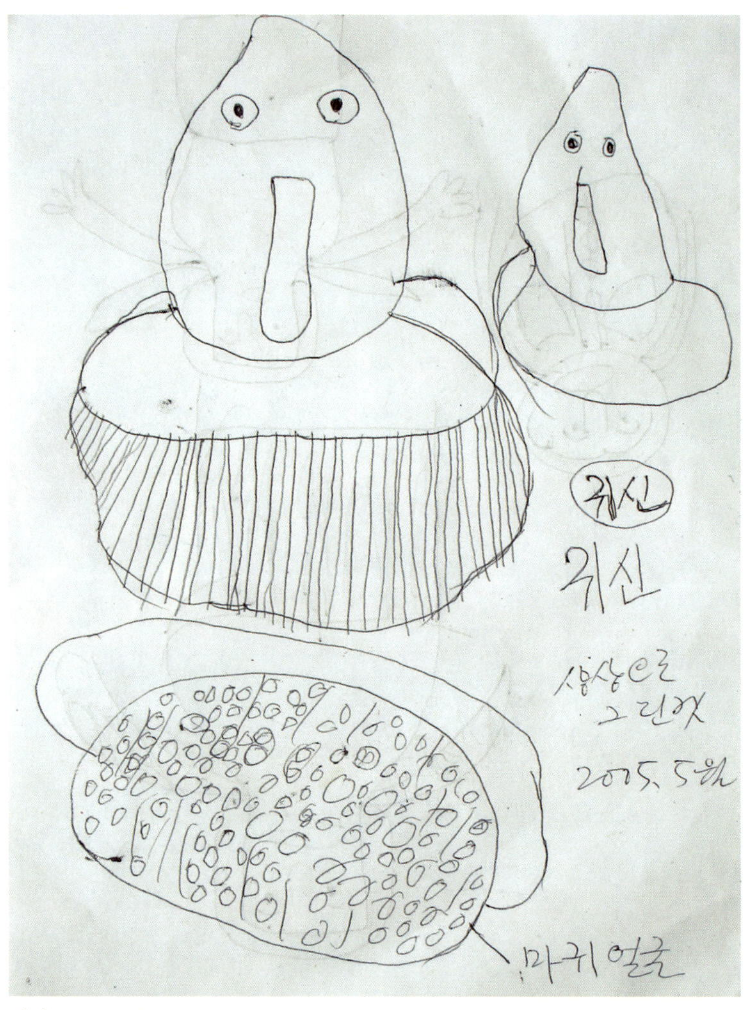

귀신

● 그림 2-1

천사

● 그림 2-2

● 그림 2-3

● 그림 2-4

좋아하는 여인들에게는 항상 머리핀을 꽂아주었다.
생전의 누나 자신도 언제나 머리핀을 단정하게 꽂고 지냈다.

그림 2-5

그림 2-6

어머니와 두 올케 동생들
"크도지"는 큰동생
"김허진"은 김혜진
처처저저저는 내 이름 철완과 어머니 이름 전순화를
나타내보고자 시도했던 것 같다.

케이블카는 어디에서 보았을까?   ● 그림 2-8

● 그림 2-9

누나는 두 올케를 〈큰 동생과 작은 동생〉이라고 불렀는데
큰 동생은 '코도지'라고 , 작은 동생은 김혜진은 '김호잔' 이라고 써 두었다.
비록 글자는 틀려도 누나는 자신이 그린 모든 그림에 제목을 써 두었다.

볼연지가 볼만하다.

두 올케가 손을 잡고 있다. 떨어져 서 있는 작은 크기는 누나 자신일까?

● 그림 2-10

어머니 어머니
아주머니
2011. 4. 10
아빠

버스에 승차해 있는 사람들 모습이 생각난다.
어머니와 아버지는 그림이 완성된 후에
여자와 남자의 대표자로써 쓴 것 같다.
가운데에 있는 아주 작은 사람이 끼어 있다.
누구냐고 물어보니 "파출부!"라고 했다.

그림 2-11

그림 2-12

● 그림 2-13

● 그림 2-14

● 그림 2-15

● 그림 2-16

핸드백을 든 여인이 애기까지 안고 있다. ● 그림 2-17

● 그림 2-19

누나는 자동차가 바퀴가 있다는 것은 알고 있었다.
그것도 양쪽에 있다는 것을 알고 있었다.

케이블카가 여러대 달려있다.
그 안에 사람들도 공평하게 승차하였다.

● 그림 2-21

누나는 수영장에 가 본적은 없다. 밤에 잠을 들 때는 보통 TV를 보다가
그대로 잠이 든다. 잠들기 전 TV 화면에서 본 모습일 것이다.

● 그림 2-22

보리밭 속에 서 있는 사람　　　● 그림 2-23

● 그림 2-24

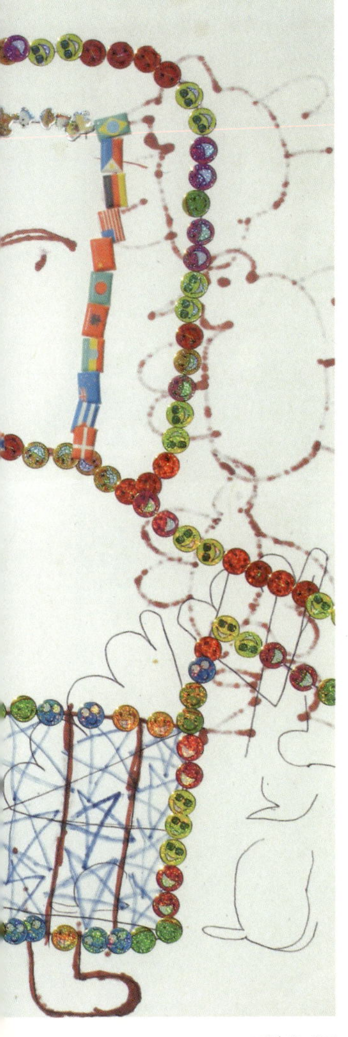

그림 2-25

그림 2-26

노란색으로 둥글게 그리기 시작했을때는 무덤이라고 했다.
그러나 누나는 그리고 나서 생각이 바꾸어지기도 한다.
양측 빨강색 기둥은 나무가 틀림없다.
실제 부모님 묘지에는 꽤 큰 나무가 있다.
그러나 큰 새는 없다.
초현실주의 화가처럼 꿈 속에서 보았는지 모르겠다.

● 그림 2-28

20여년동안 같이 지내는
우리집 가사도우미 아주머니 오순례씨와 함께 덕진공원에서...
이 지면을 통하여 오랫동안 누나를 보살펴 주신
오순례님께 감사드립니다.

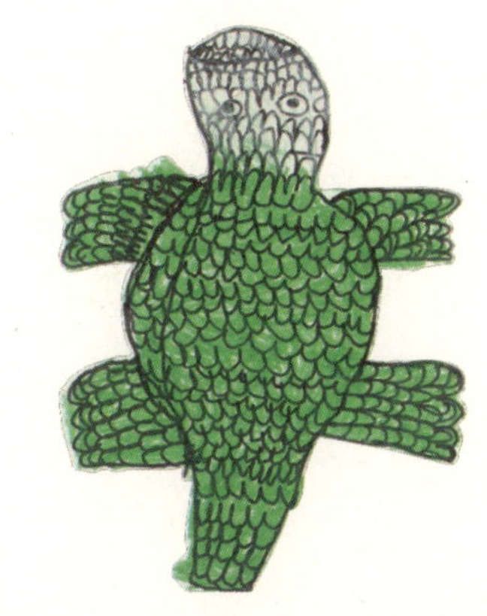

CHAPTER 03

우리 누나가 그린 동물

누나가 그린 동물

누나는 동물원에도 외국구경도 가 본 적이 없다. 누나가 동물들을 본 것은 방에 있는 텔레비전을 통해서다. 누나는 텔레비전을 보다가 그대로 잠이 들었다. 그러면 내가 누나 손에서 리모컨을 빼주고 전등을 꺼 주었다. 혼자서 외롭게 텔레비전을 보면서 나한테는 같이 보자는 말도 못하였다. 자신의 처지를 본능적으로 알고 있었다. 나는 누나 방에 들어와서 기도도 해주고 이야기도 들어주었지만, 너무 부족하였다. 단 한 번도 잠이 들 때까지 같이 옆에 있어주지 못하였다. 누나는 부부가 쓰는 내 방을

감히 한 번도 들어와 보지 못하였다. 그러한 누나가 너무 처량하고 마음이 아팠다. 혼자서 텔레비전을 보고서 누나가 그린 동물들을 여기 소개한다. 누나는 모든 동물을 단지 특징 하나만 그렸다. 코끼리(그림 3-1)는 코만 길게 그렸으면 다리는 새 다리가 되어도 상관이 없다. 사자(그림 3-2)는 머리에 털만 많으면 되었고, 호랑이(그림 3-25)는 빨간 혓바닥만 기억난 모양이다. 둘 다 크고 무섭다는 것은 비슷하다. 그러나 새끼 호랑이는 역시 새끼들이므로 복

수(그림 3-6)로 그렸다. 부엉이(그림 3-30)는 캄캄한 밤중에 두 눈만 그리면 충분하였고, 악어(그림 3-42)는 그 많은 비늘을 정성 들여 그렸다. 달팽이(그림 3-31)는 놀랍게 정확하였고, 하마는 물속에 잠긴 것을 놓치지 않았다. 문어(그림 3-38)는 그 많은 다리의 빨판을 성실하게 그려내고, 마귀(그림 3-39)는 역시 마귀답게 표현을 하였다. 조류는 알을 품는다는 것은 몰랐으나 새가 새끼를 배 안에 가졌다고는 생각했다(그림 3-34). 인어공주(그림 3-33)는 머리카락의 방향이야 어찌 되었던 긴 머리카락과 물고기의 하체로 충분했다. 식탁에서 본 꼬막(그림 3-35)들도 열심히 그렸다.

누나는 아버지가 2004년에 별세하시자 우리 집에 왔다. 그때가 68세. 2005년도 즉 우리집에 오신 첫 해 2005년도에 그린 이 그림(그림 3-37)을 보면 스케치나 색칠하는 것이 불안정해 보인다. 그러나 그후 5년이 지나서 그린 악어나 문어를 보면 마음이 더 안정된 상태가 느껴진다. 누나는 우리 집에 살면서 어쨌든 마음이 점점 안정되어 간 모양이다.

코끼리 : 가장 중요한 코를 크게 그리고, 그 다음에는 귀를 크게 그렸다.
　　　　코끼리 다리는 참새 다리가 되었어도 상관이 없다.
　　　　그래도 다리까지 그렸다는 것이 훌륭하다.

사자

숫사자의 특징은 역시 머리털　　　● 그림 3-3

사자　　　● 그림 3-4

● 그림 3-5   호랑이 새끼들   ● 그림 3-6

호랑이 어미
그릴 때는 사자이었는지 모르지만
내가 물어보았을때는 호랑이 이미(어미)라고 했다.
사자이든 호랑이이든 어미라는 것이 중요했다.

● 그림 3-7

● 그림 3-8

그림 3-9

● 그림 3-10

● 그림 3-11

그림 3-12

● 그림 3-13

● 그림 3-14

● 그림 3-15

● 그림 3-16

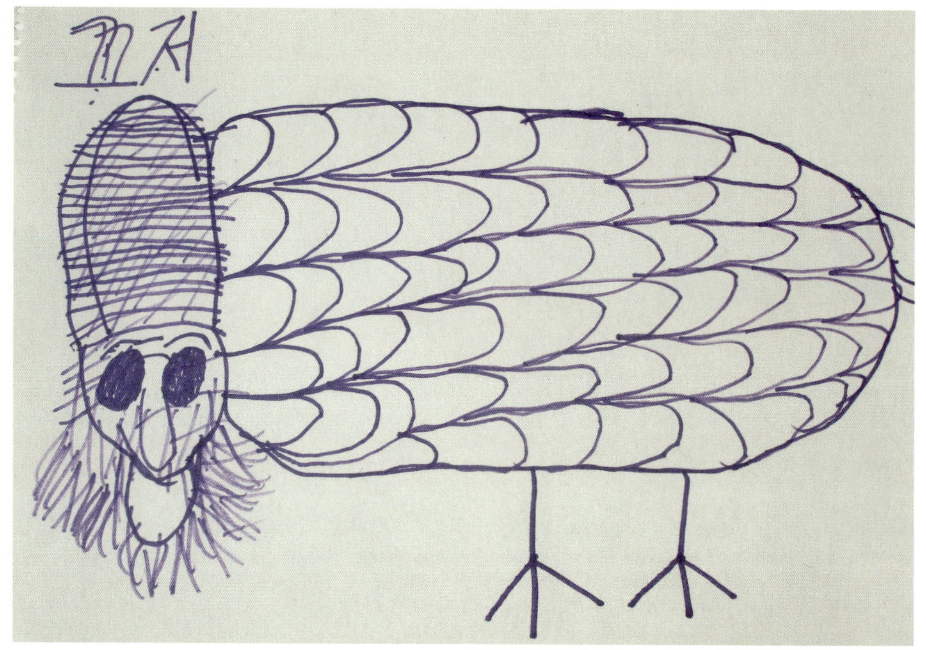

그림 3-17

그림 3-18

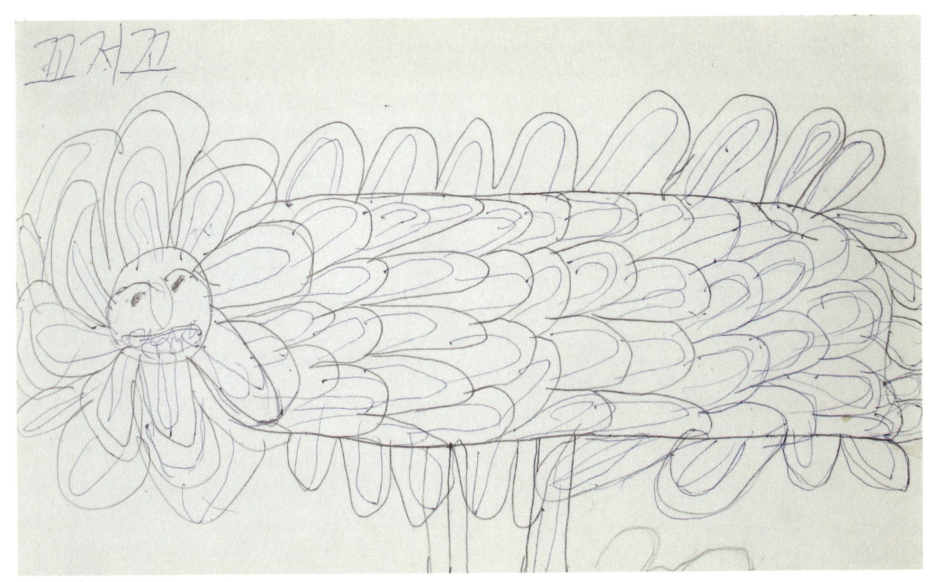

● 그림 3-19

● 그림 3-20

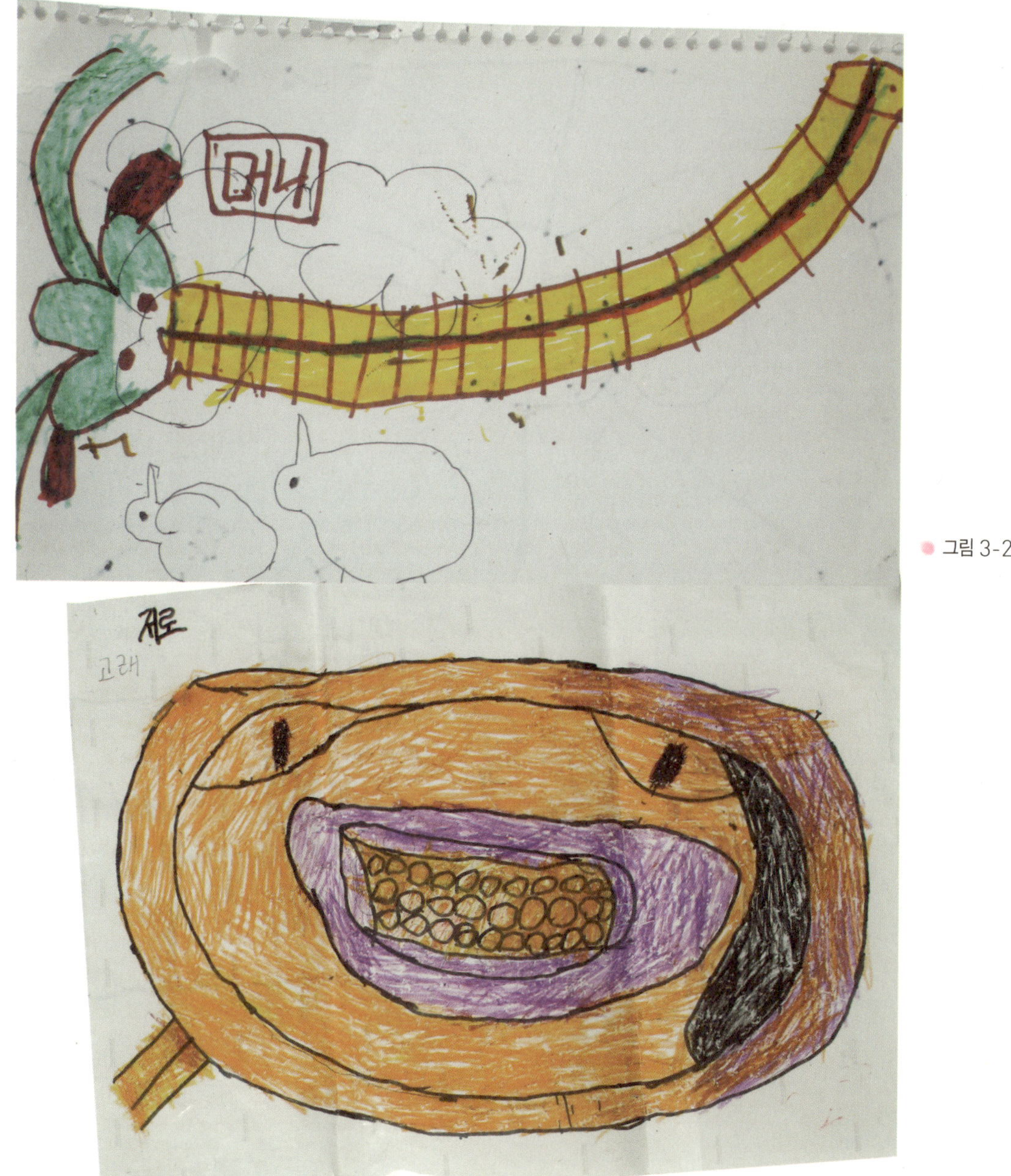

● 그림 3-21

● 그림 3-22

그림 3-23

그림 3-24

● 그림 3-25

● 그림 3-26

호랑이의 붉은 헛바닥이 촛점이다.
그 이외 부분은 관심이 없었던 모양이다.

● 그림 3-27

● 그림 3-28

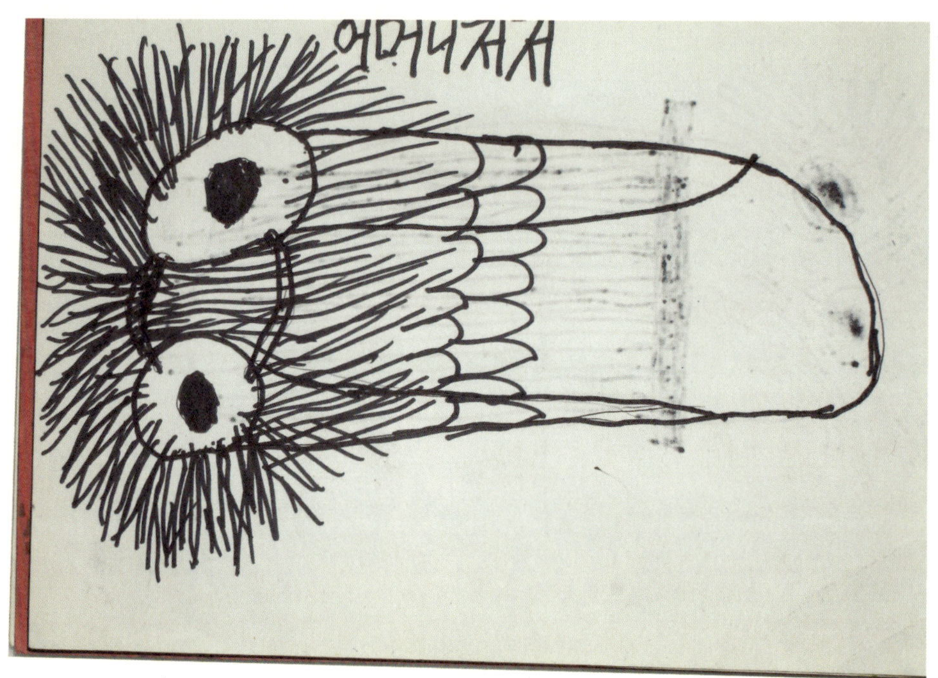

어머니게게

그림 3-29

깊은 밤의 부엉이
세살짜리 손자가 이 그림을 보고 무서워서 울었다.
앞에서 본 귀신의 눈을 닮아 있다.

달팽이
더듬이까지 놓치지 않았다.

그림 3-32

하마
전신이 물속에 잠긴 것을 주저함없이 그렸다.
눈과 콧구멍은 수면위에 있다.

● 그림 3-33

T.V에서 본 인어를 그렸다.
인어의 긴 머리카락을 2차원으로 그렸다.
상체와 하체가 다르다고 분명하게 선을 긋고 있다.

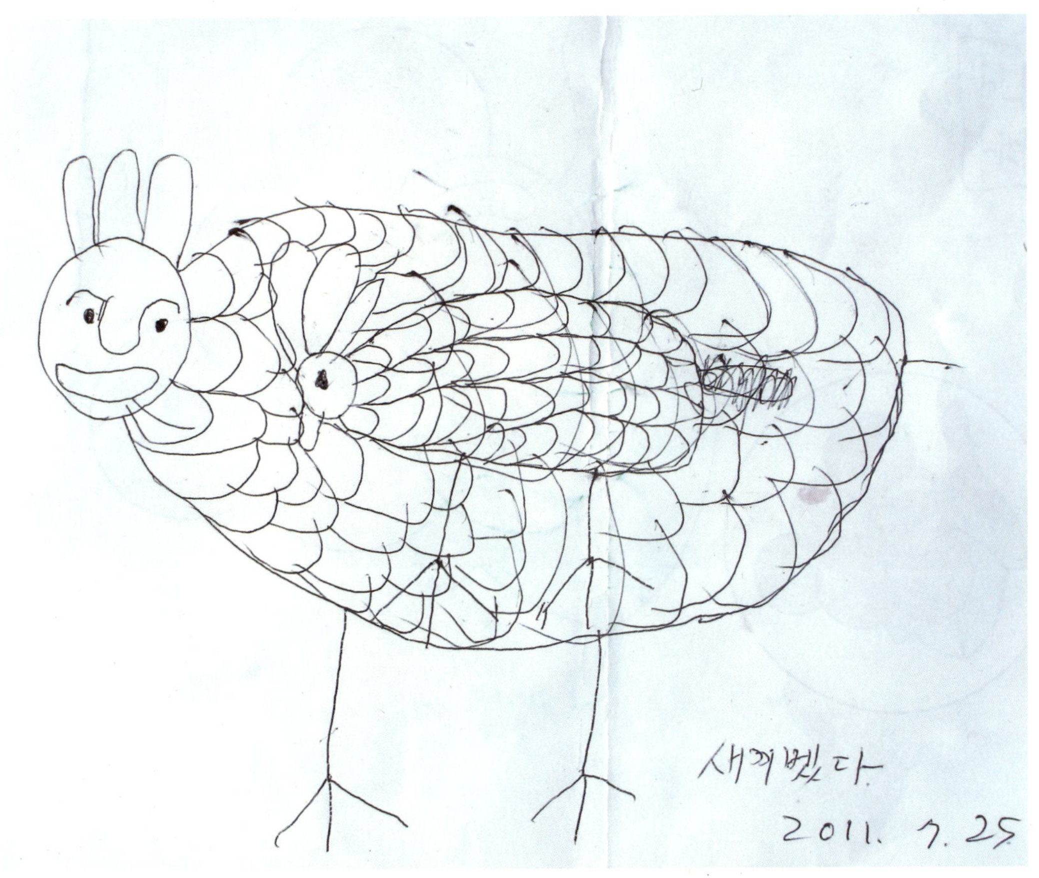

어미 새가 깃털이 난 새끼를 배 안에 가졌다.
새가 알을 낳는다는 것은 몰랐지만 모든 어미는
새끼를 배 안에 가졌다고 생각하고 있는 것이 감동적이다.

● 그림 3-36

식탁 위의 꼬막

● 그림 3-35

● 그림 3-37

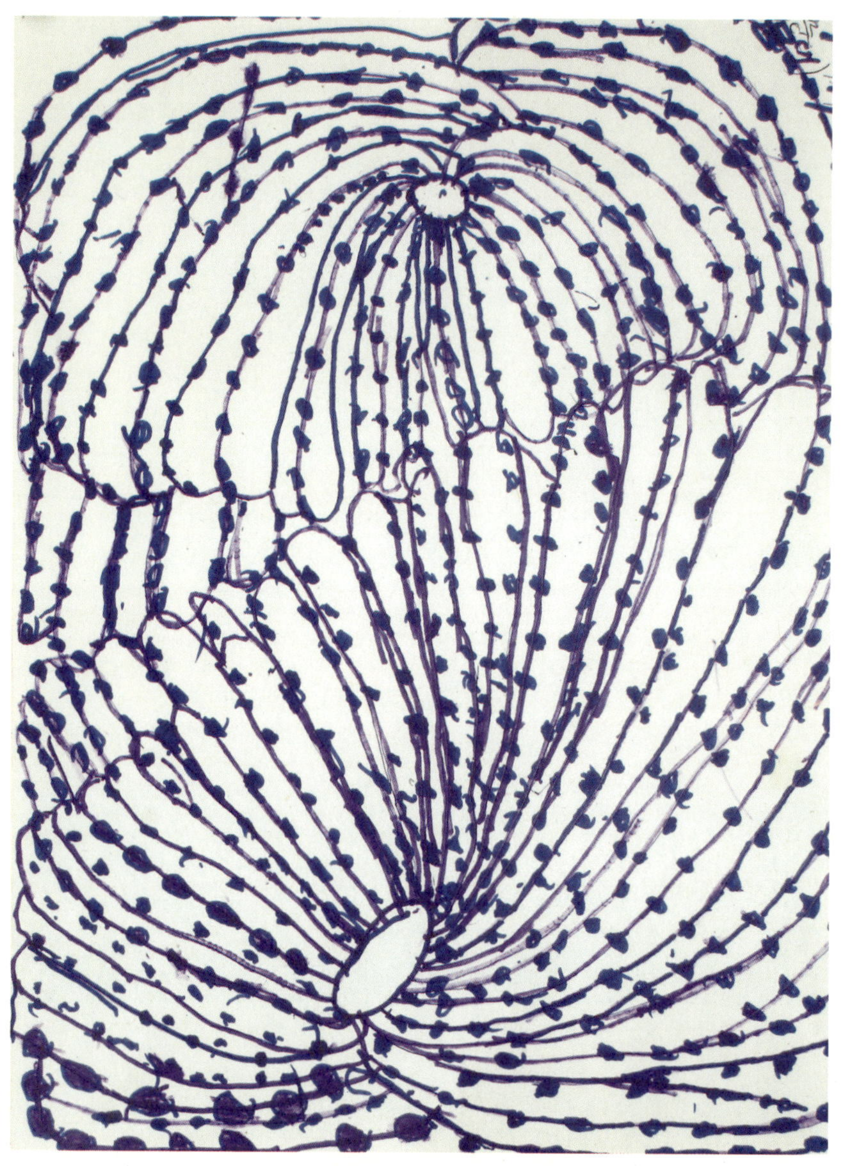

피문어의 다리와 빨판을 성실하게 그렸다. ● 그림 3-38

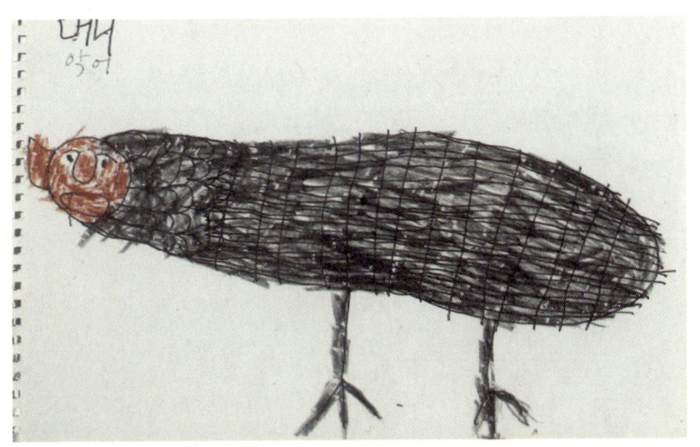

● 그림 3-40

마귀   ● 그림 3-39

● 그림 3-41

악어는 역시 껍질의 비늘무늬가 특징인가보다.　　　● 그림 3-42

어머니 무덤에 성묘 와서...
뒷편 숲 그늘아래 동생들이 보인다.

CHAPtER 04

우리 누나가 그린 식물

누나가 그린 식물

아무도 봐주는 사람도 없고 감독하는 사람도 없는데
혼자서 주방에 있는 호박이나 과일,
그리고 아파트 베란다의 분재를 혼자 그려보는
그 모습이 너무나 동생의 가슴을 슬프게 한다.
무슨 상(賞)이나 성적표, 입학시험 등 어느 것에도
관계가 없지만 곱게 색을 칠해보는 누나의 마음은
세상에서 가장 깨끗한 마음이었을 것이다.
75세의 노인이었지만
어린아이보다 더 깨끗한 마음을 가지고 살다가
세상을 떠났다.

바나나와 수박　　　　　　　　　　　　　● 그림 4-1

참외와 수박　　　　　　　　　　　　　● 그림 4-2

그림 4-3

소나무 분재
가지와 솔잎을 구분 할 필요는 없었던 모양이다.

꼴 저 꼼

그림 4-4

● 그림 4-5

● 그림 4-6

그림 4-7

● 그림 4-8

● 그림 4-9

12살 아래의 막내 여동생과 함께, 아버지 장례식을 마치고...

CHAPTER 05

우리 누나가 그린 생활 주변

우리 누나가 그린 생활주변

누나는 당연히 추상화, 비구상, 구상, 초현실주의 어느 쪽에도 속하지 않는 화가였다.

보이는 대로, 또는 기억나는 대로 때로는 꿈에 본 것도 그저 그렸을 뿐일 것이다. 지극히 소박하게 그리고 있었다. 내가 "누나 무엇 그렸어?" 하고 물어보면 "총!(그림 5-10)"하고 말해 준다. "언제 보았어?" 하고 물어보니 "피난 가서" 라고 한다. 60년 전 6·25 동란 때 본 것이다. 무엇을 그렸다고 가르쳐 줄 때도 있고 "몰라" 하고 대답하기도 한다. 또 대답이 변하기도 한다. 색동저고리(그림 5-4)를 예

쁘게 그리고 색칠도 하고 자기 서명도 해두어서 진심으로 칭찬하였더니 하의(그림 5-5)와 상하 한 벌(그림 5-6)을 다 그렸다.

거실 마루에 깔려있는 돗자리(그림 5-16)의 많은 선을 착실히 그려낸 것을 보면 성실함과 인내심이 보인다.

부채, 선풍기, 시계, 다 잘 그렸다. 집안에 있는 물건들뿐 아니라 책이나 텔레비전에서 보았던 수많은 대상을 그렸다.

태극기를 그리고 팔괘와
가장자리를 색클레이로 예쁘게 만들어냈다.

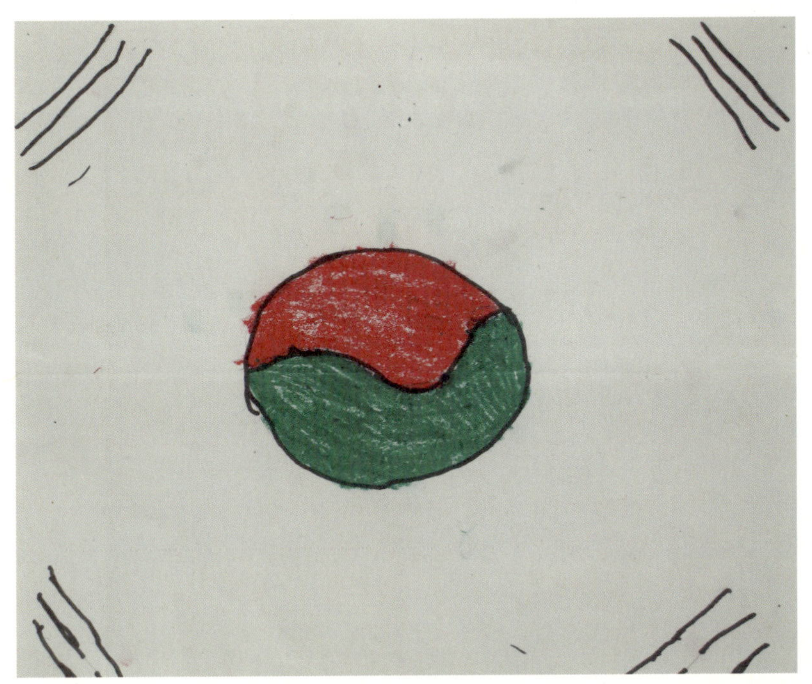

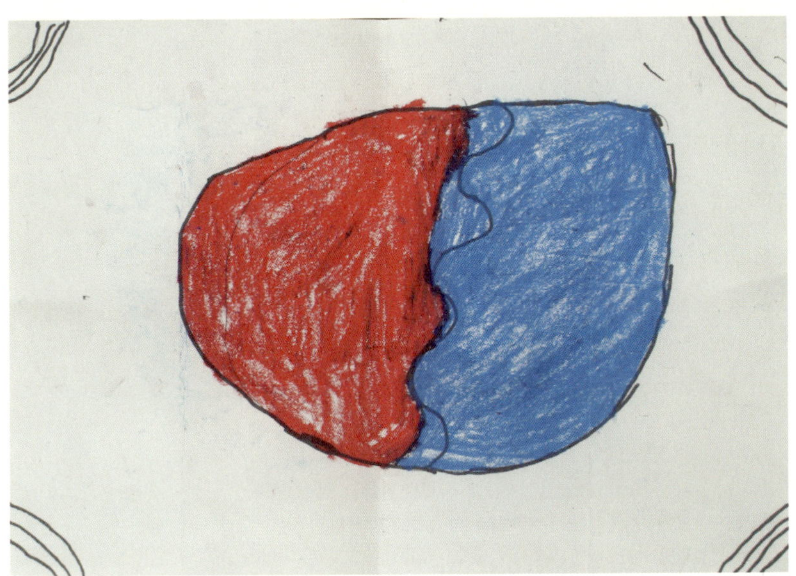

그림 5-4

색동저고리를 그려서 칭찬해 주었더니 계속 그렸다.

그림 5-5

● 그림 5-6

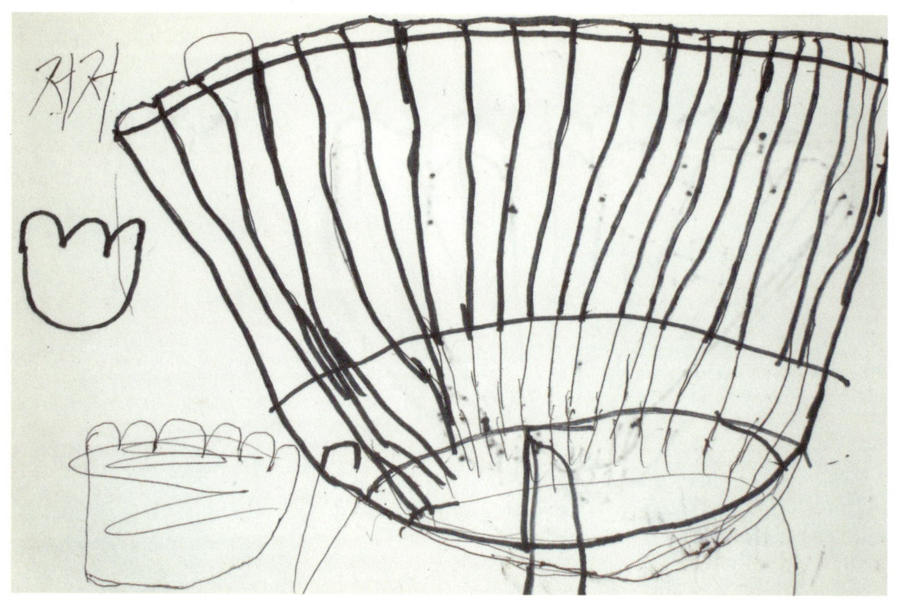

부채, 선풍기, 딸기를 그렸다.

그림 5-8

사과와 칼

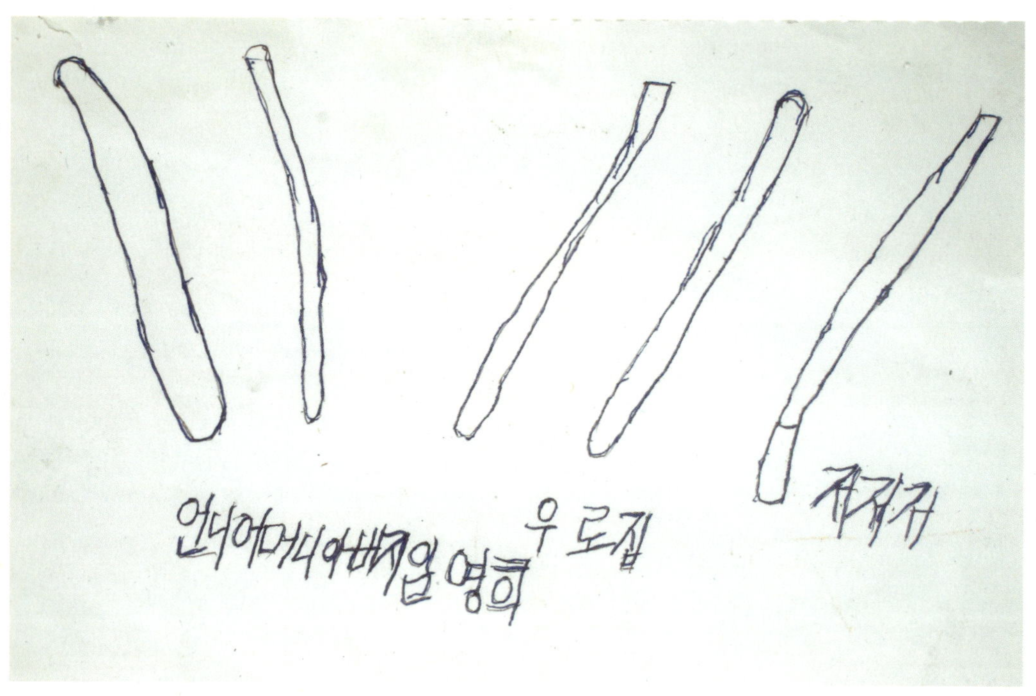

6.25 동란때 보았던 군인들이 들고 다녔던 장총이란다.

시계가 걸어가고 있다.
인간의 최고 양대 명제인 시간과 공간을 생각했을까?
누나는 이 그림을 보고서 자신도 대견하다듯이 웃었다.

● 그림 5-12

● 그림 5-13

누나가 자던 방에 있던 안마용 침대

그림 5-15

거실에 깔린 돗자리

● 그림 5-16

형네집 거실에서..., 아내, 누나, 그리고 형

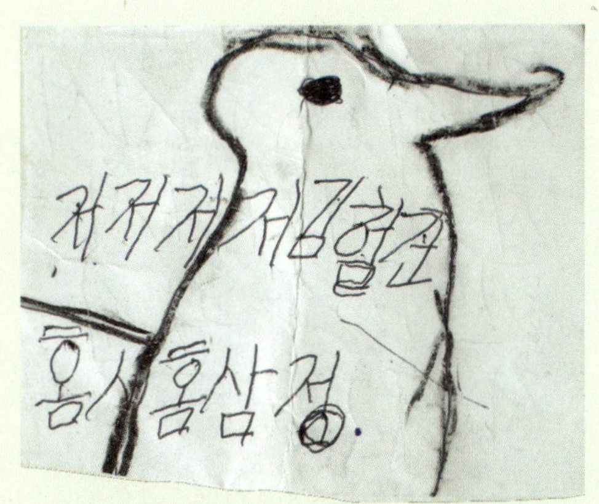

CHAPTER 06

우리 누나의 글자쓰기

우리 누나의 글자쓰기
한글, 로마자, 한자 그리고 쪽지조각들

누나는 부모님과 같이 살 때에도 글자 쓰기를 좋아했다. 몇 안 되는 가족들의 이름과 우리 집 주소를 정성으로 또박또박 썼다.

자기 이름 임일순(호적에는 광례이지만)을 제일 많이 쓰고 기타 가족들 이름도 썼다. 그러나 보지 않고서 자기 혼자 쓸 수 있는 글자는 몇 자 되지 않았다. 무슨 의미인지도 모르면서도 글자를 보고서 그대로 그림을 그리듯이 흉내를 내어 정성들여 썼다.

4세 아이들이 사용하는 글자쓰기 공책을 사주면 언제나 한 권을 착실히 채웠다. 어깨가 아프다고 불평하면서도 빈칸을 다 채웠다. 물론 특별히 다른 일은 할 것도 없어서 나름대로 보람을 가지고 썼겠지만, 동생인 내가 쓰라고 하니까 내 말을 들어주고, 나에게 보여주기 위하여 썼을 것으로 생각한다. 볼펜이나 연필을 손으로 꼭 쥐고서 모든 페이지를 빈틈없이 채우면서 성실하게 썼다. 자기 혼자서 아무것이나 그대로 따라 쓰기도 하고 나에게 무엇을 쓸 것인가를 묻기도 하였다. 나는 그날 쓸 몇 개의 단어를 견본으로 써 주면 그 아래에 그대로 성실하게 따라서 같은 모양의 글자로 채웠다. 보이는 대로 글자는 그렸지만, ㄱ, ㄴ, ㄷ, ㄹ, … ㅏ, ㅑ, ㅓ, ㅕ ……가 무엇인지는 몰랐다. 한글만 쓰다가 싫증이 나면 영어(로마자)도, 한문도 한 번씩 썼다. 공책이 아니더라도 무슨 종이쪽지에도 정성 들여 글자를 썼다. 어머니 이름을 쓰고 싶어서, 어머니 이름 첫째자 전(全)을 쓴다는 것이 저, 저, 저를 가장 많이 썼다. 그리고 내 이름 임철완을 많이 썼다.

양(量)이 변하면 질(質)에 영향을 미친다고 하였다. 한 페이지도 남김없이 쓴 공책을 보고 있으면 누나는 무엇이든지 낭비를 않겠다는 철학이 있는듯하다. 누나의 긴긴 인고(忍苦)의 생애가 느껴진다.

달력은 누나와 나의 생활에서 어쩌면 가장 중요한 것이었다. 내가 국내외 학회로 집을 떠나게 되면 누나는 심히 불안해하였다. 그래서 달력에 내가 돌아올 날과 집에 없는 날을 표시해주면서 내가 꼭 돌아올 터이니 참고 기다리라고 사정하면 누나는 그 표시된 날을 하루하루 사인펜으로 지워가면서 기다렸다.

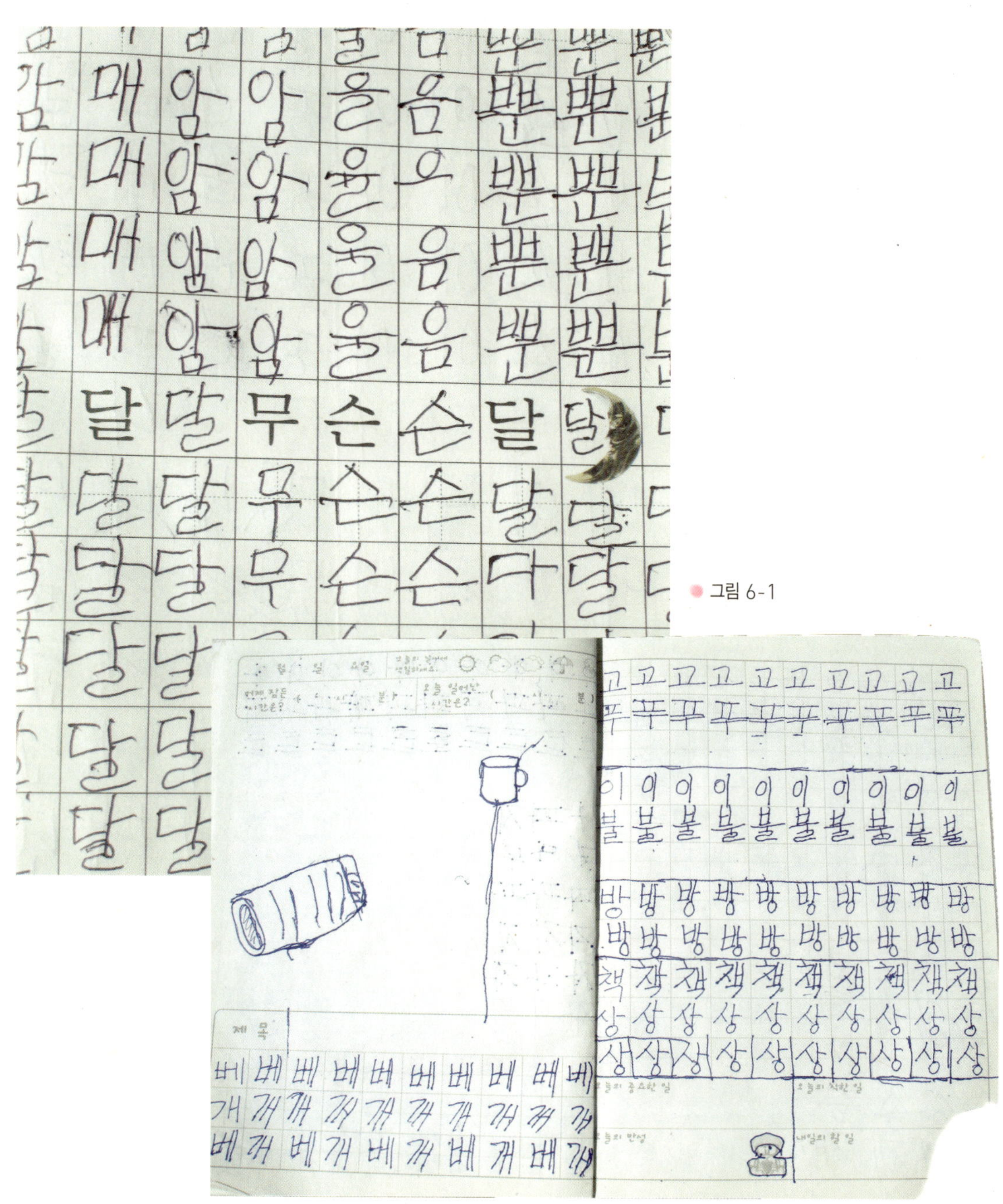

그림 6-1

그림 6-2

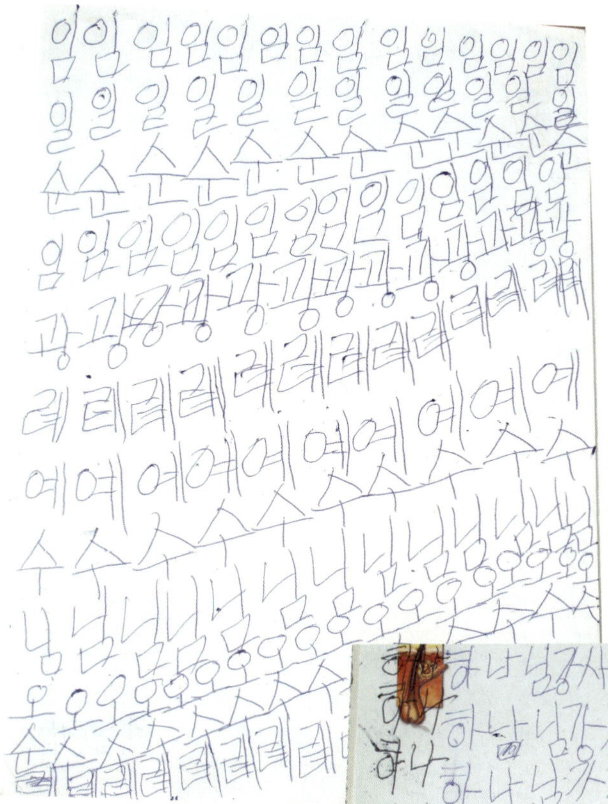

● 그림 6-3

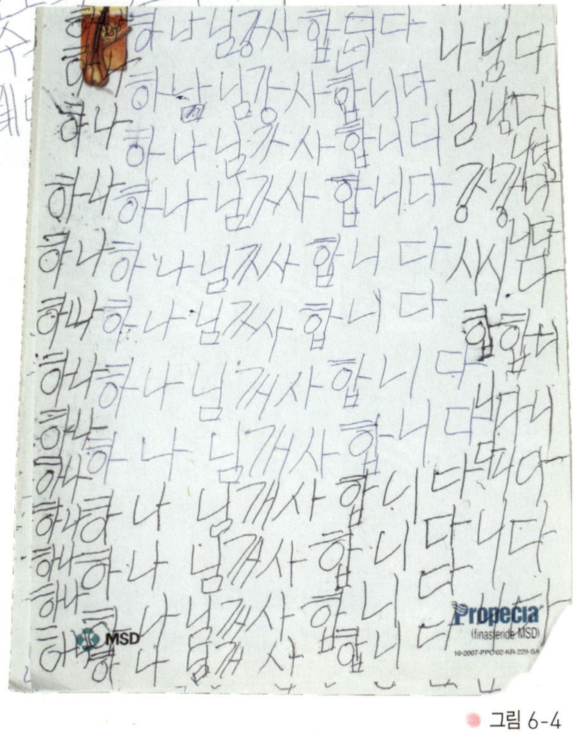

● 그림 6-4

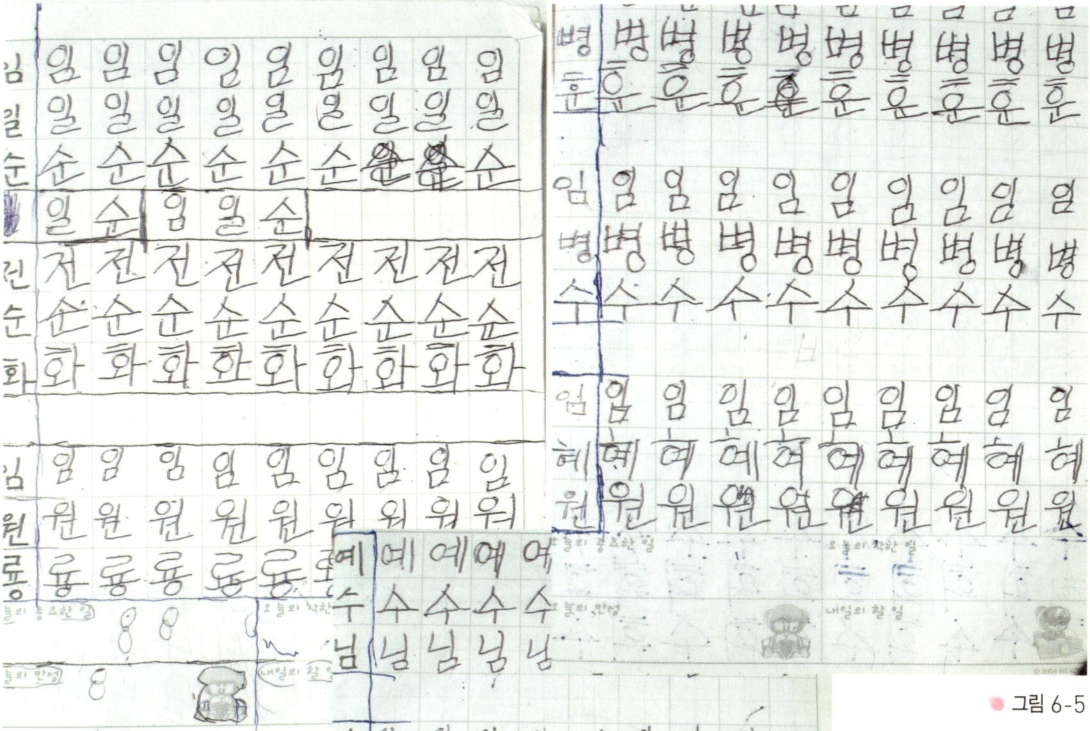

그림 6-5

그림 6-6

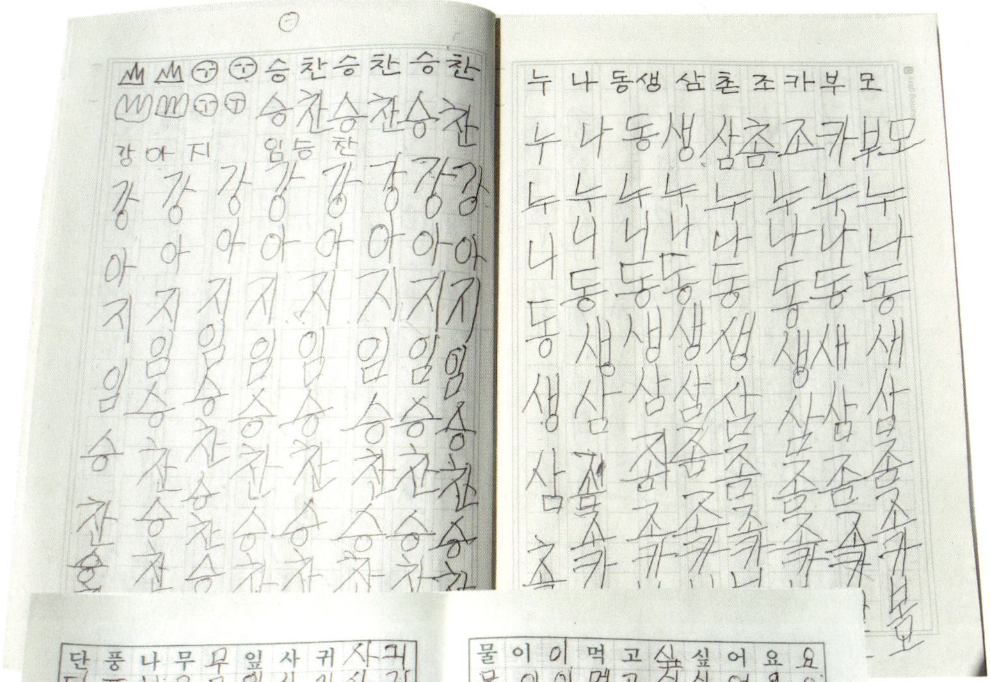

그림 6-7

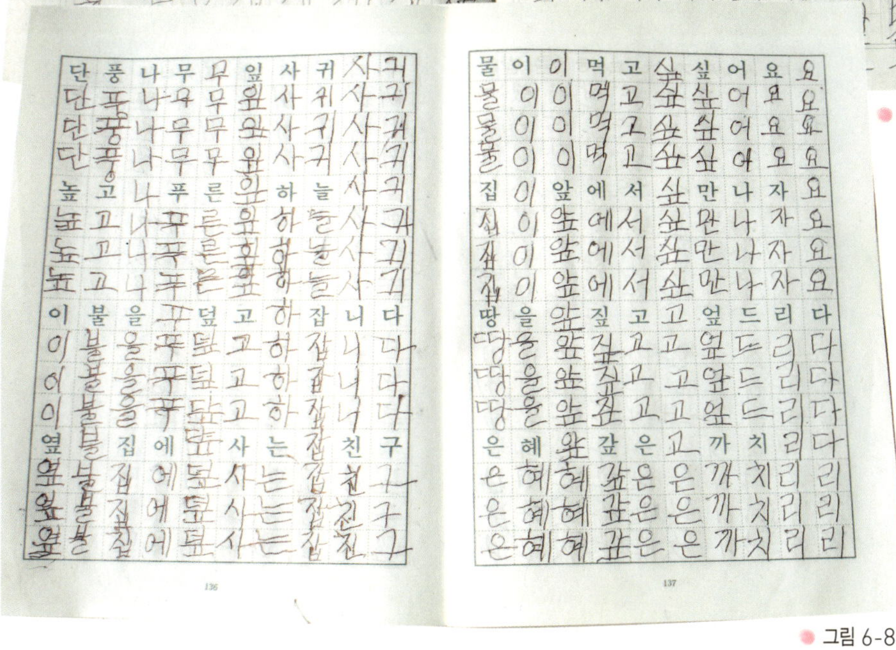

그림 6-8

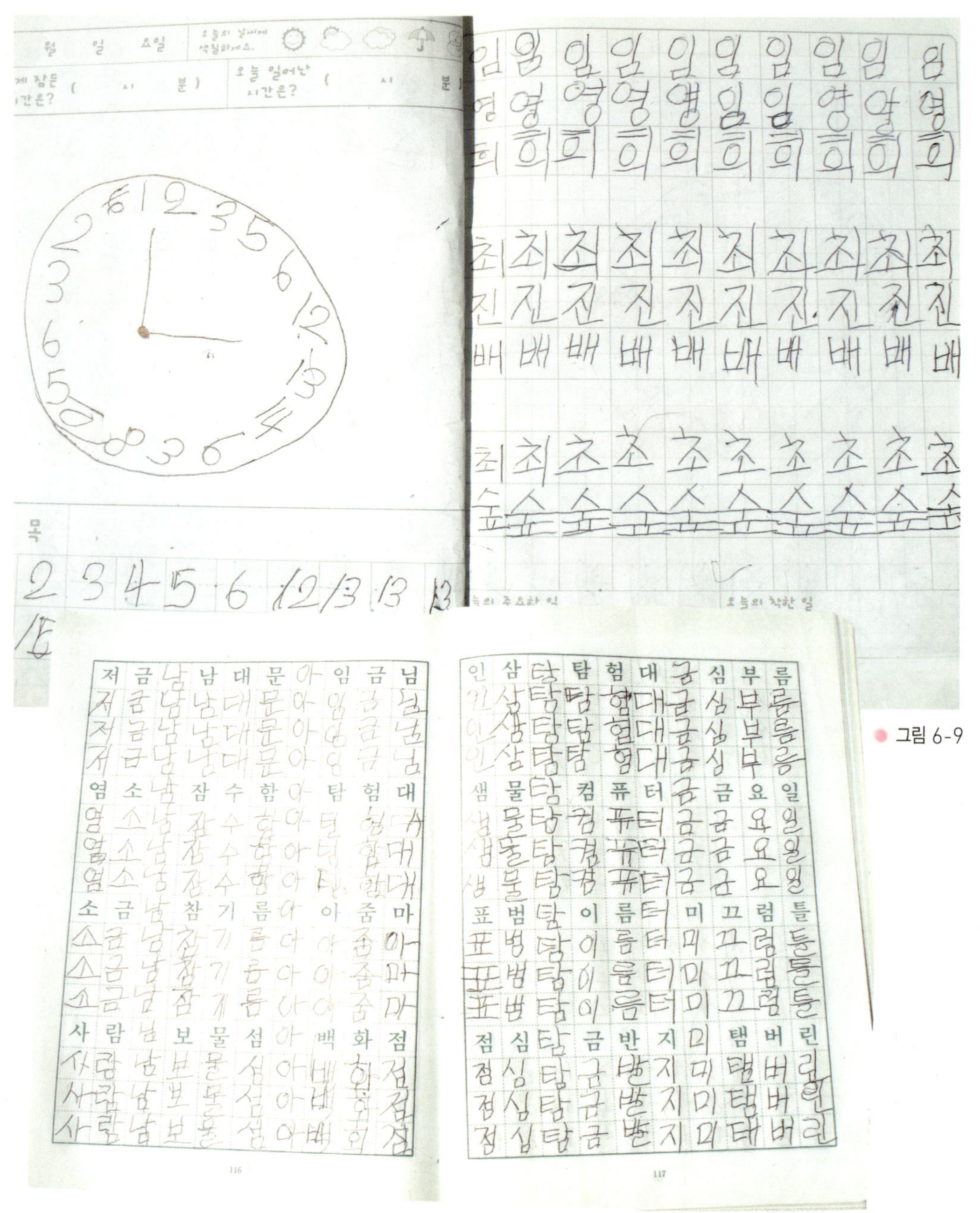

● 그림 6-9

● 그림 6-10

그림 6-11

한글만 써서 싫증난다고
한자도 써 보고...
로마자도 써 보고...

그림 6-12

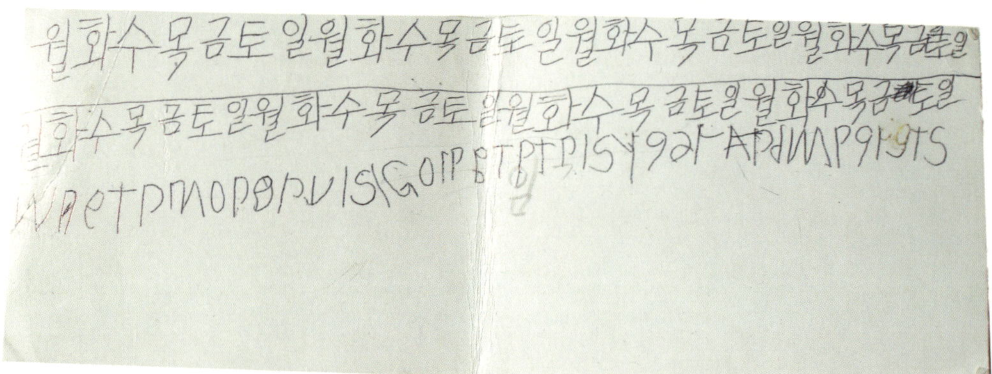

그림 6-13

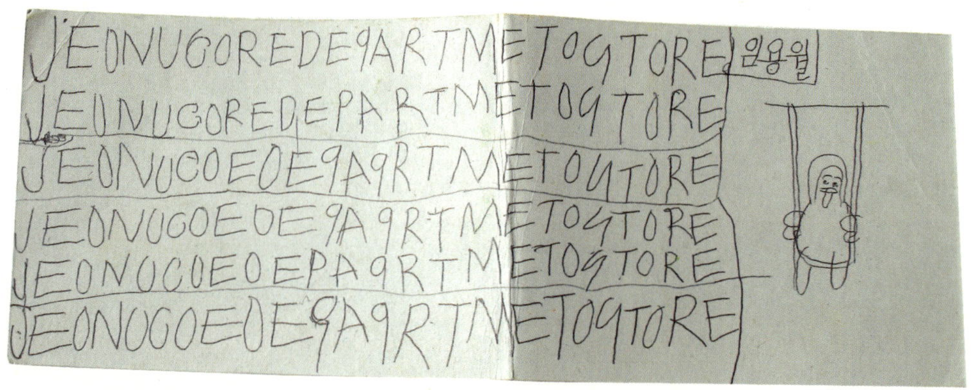

한글만 써서 싫증난다고 영어도 쓰고

그림 6-14

그림 6-15

그림 6-16

그림 6-17

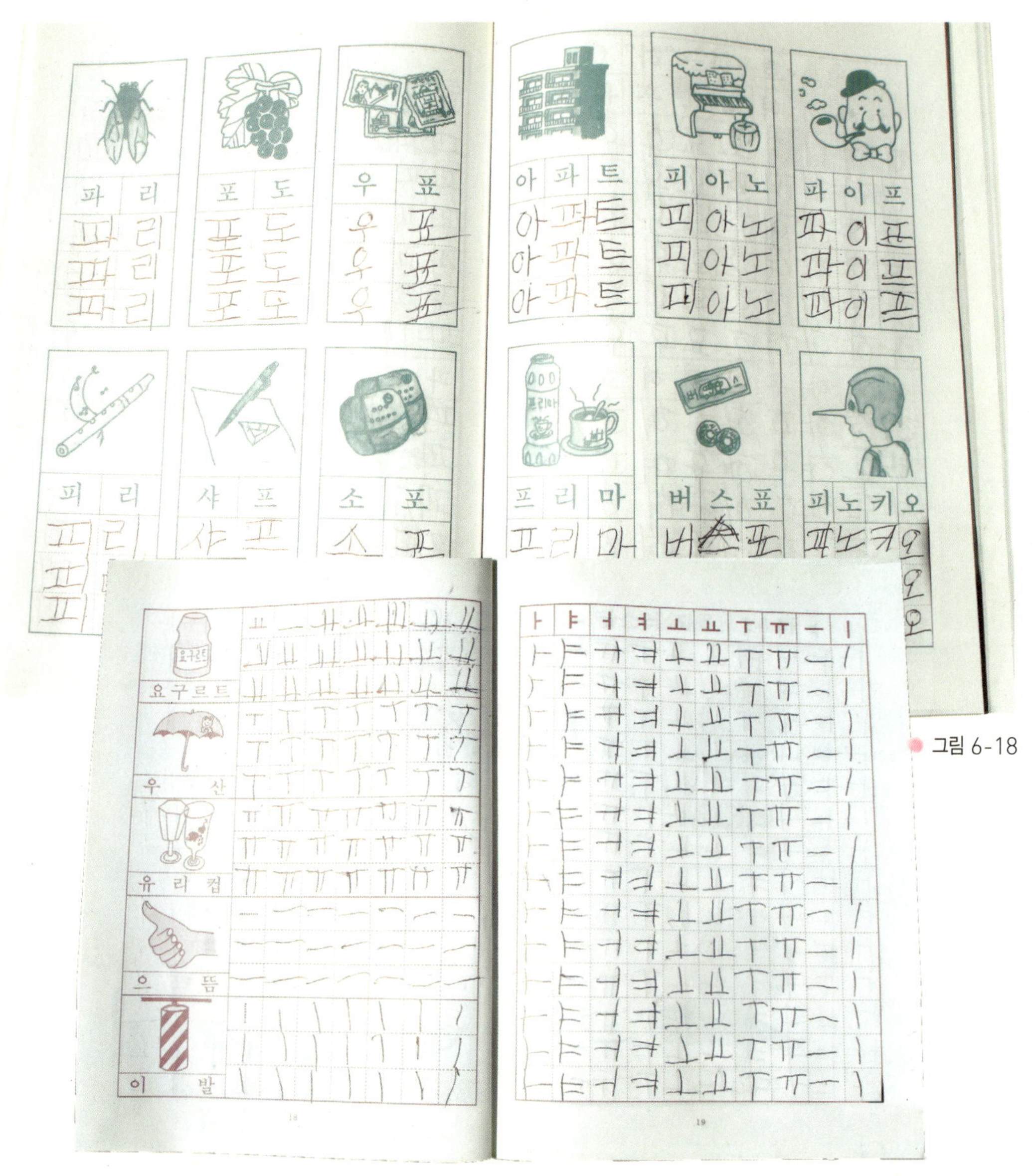

● 그림 6-18

● 그림 6-19

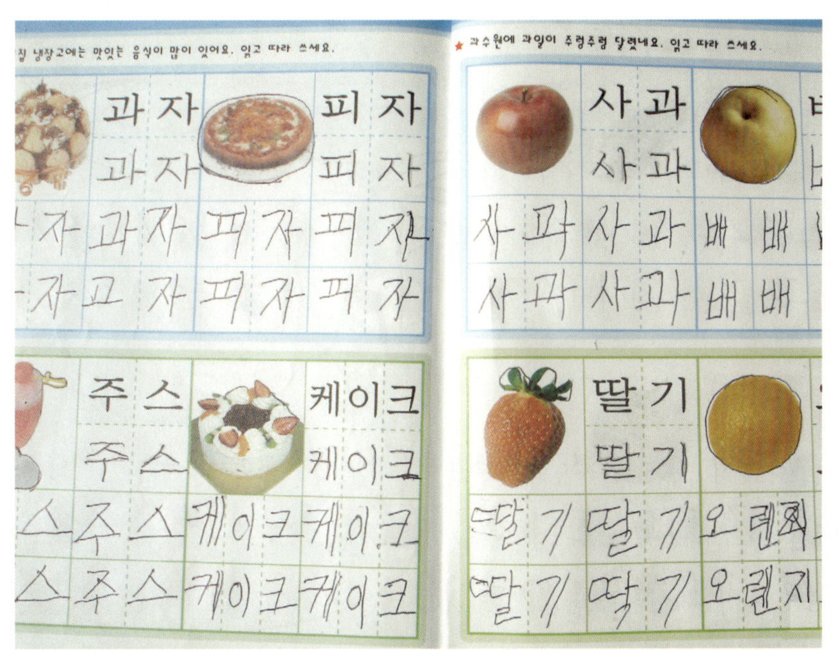

그림 6-20

그림 6-21

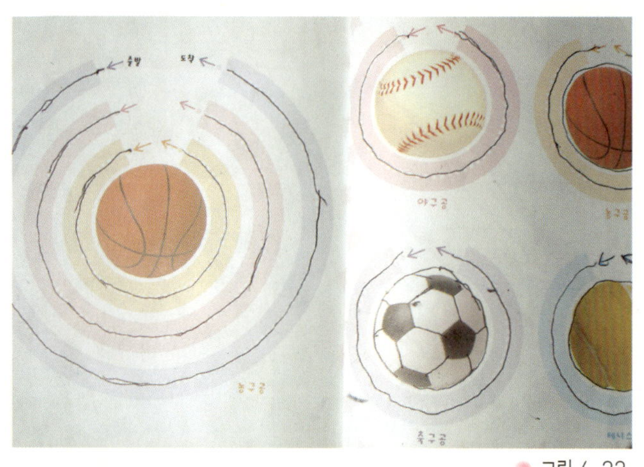

● 그림 6-22

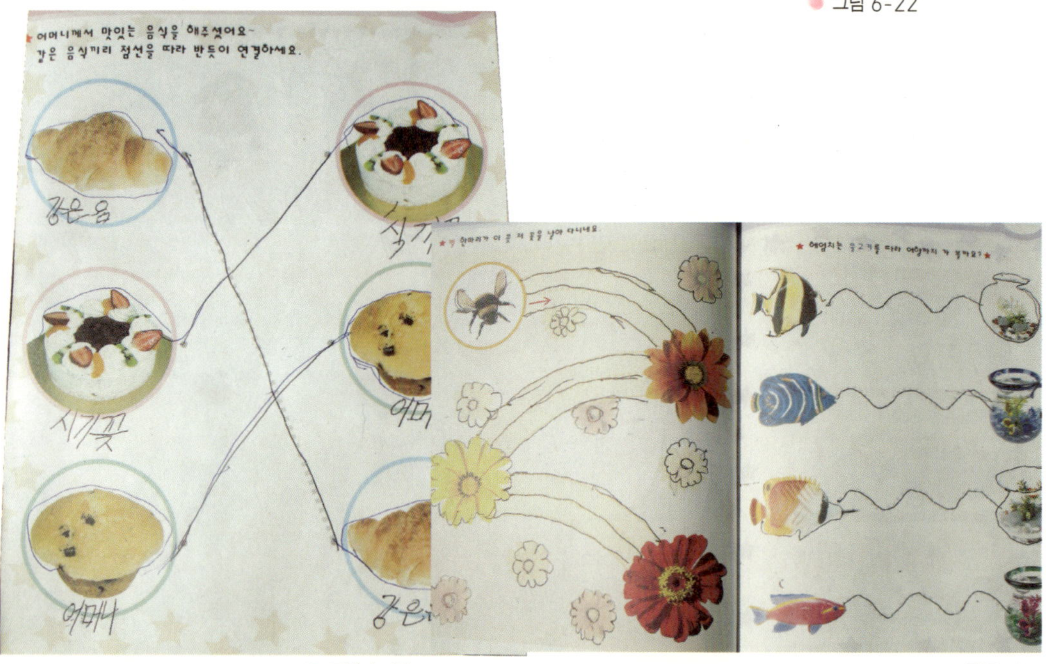

● 그림 6-23   ● 그림 5-16

초등학생용 그림책 위에나, 신문, 광고지에나 윤곽을 따라서 그리기를 하였다.
때로는 내가 아끼는 세계명화책 그림위에도 볼펜으로 그림마다 윤곽을 덧그려서
책을 버리기도 하였다.

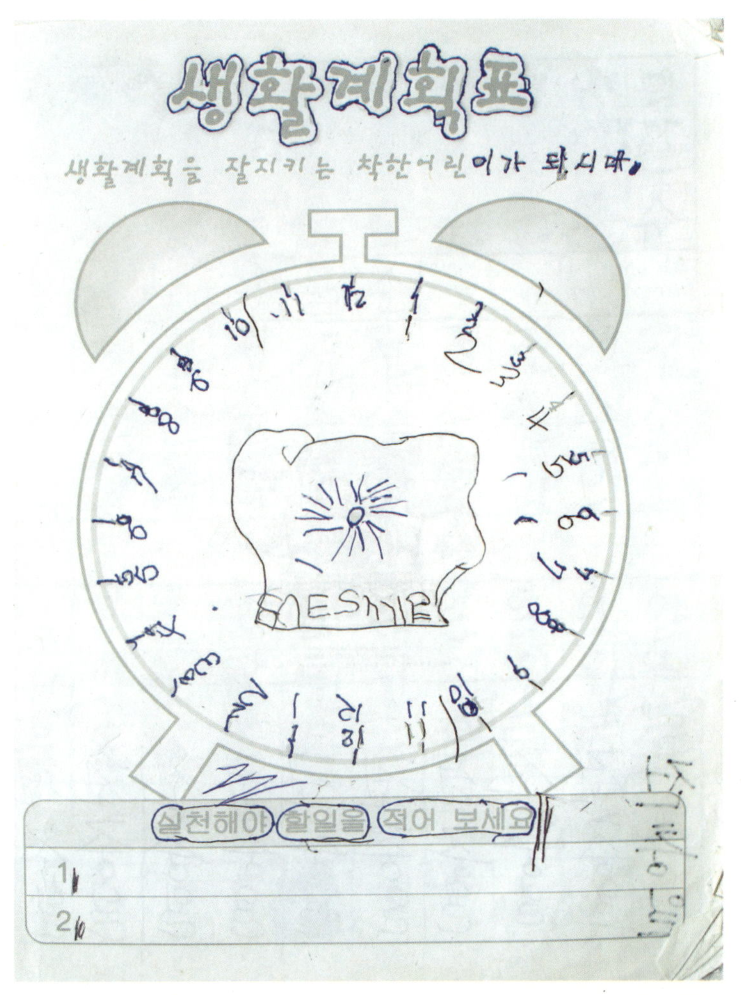

● 그림 6-24

생활계획표 인쇄 된 글자위에 누나는 볼펜으로
따라서 윤곽을 그렸다.

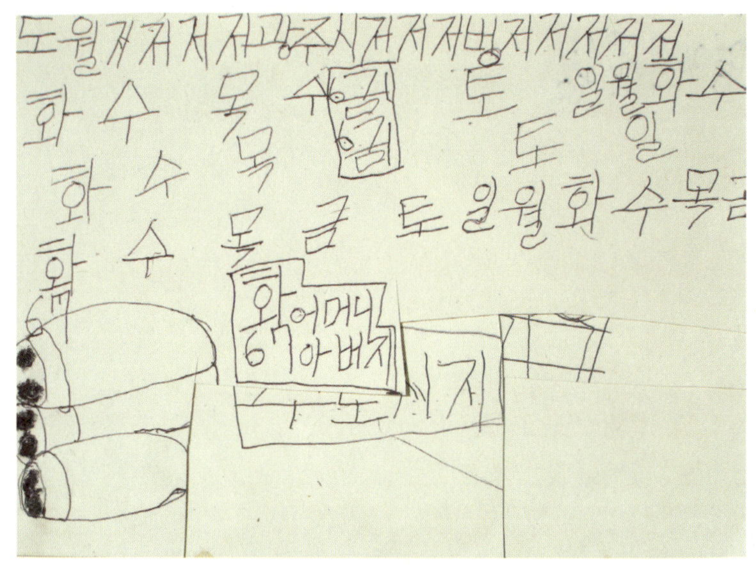

그림 6-25

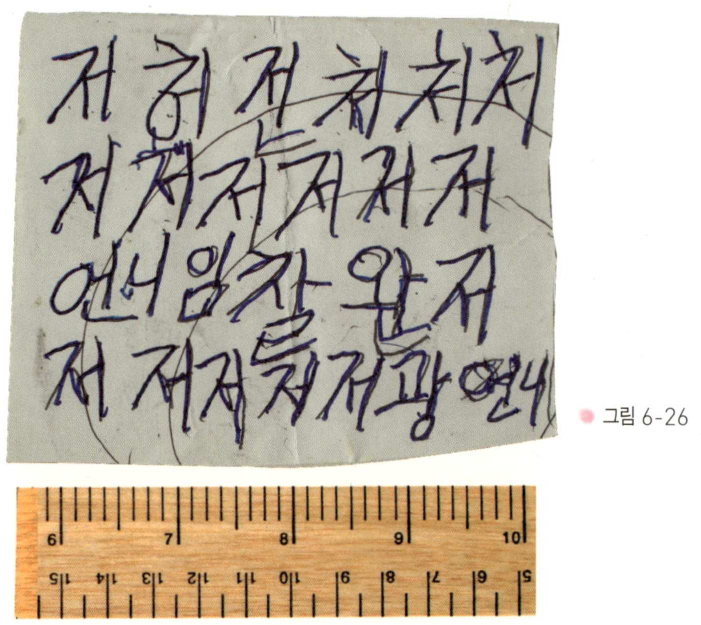

그림 6-26

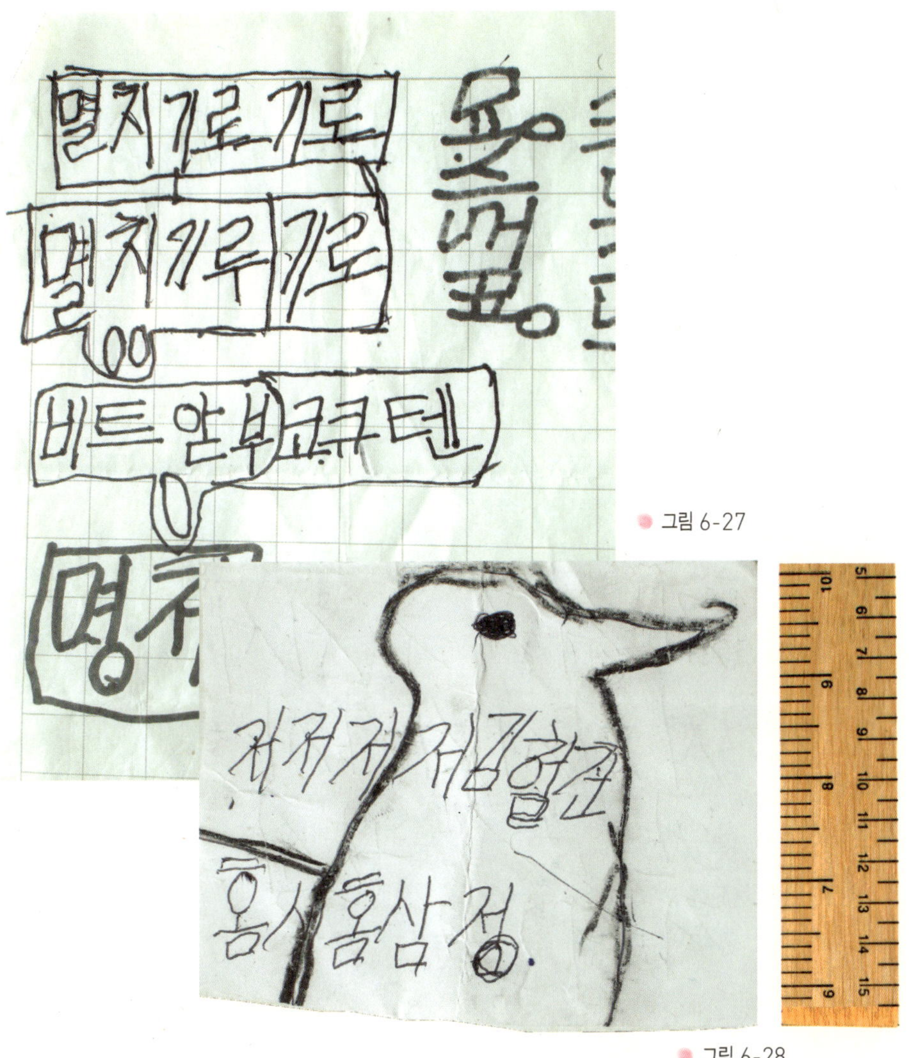

● 그림 6-27

● 그림 6-28

누나는 종이쪽지들, 넓어야 길이 10cm 정도되는 종이 조각에도 글자를 많이 썼다.
이 쪽지들을 접어서 수십개씩 주머니에 가득 넣고 다녔다.
쓰레기로 분류될 수 밖에 없는 종이 조각들이었지만
그 위에 힘써 또박또박 글자를 쓰고, 소중하게 주머니에 간직했다.
내가 어렸을때 아이들은 종이를 네모나게 접어서 가지고 노는 장난감으로 삼았는데,
이것을 딱지라고 불렀으며 이것을 많이 가질려고 동무들끼리 다투기도 하였다.
이 종이 조각들은 바로 누나의 딱지이었으며 소중한 재산이었다.

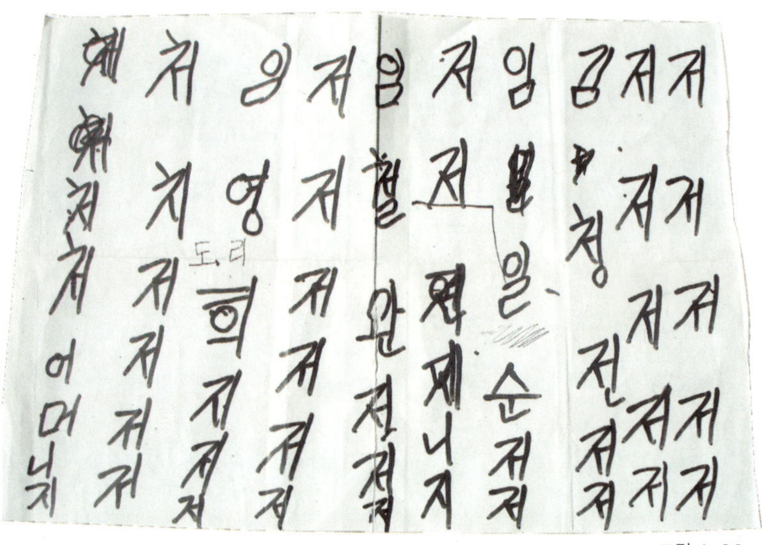

● 그림 6-29

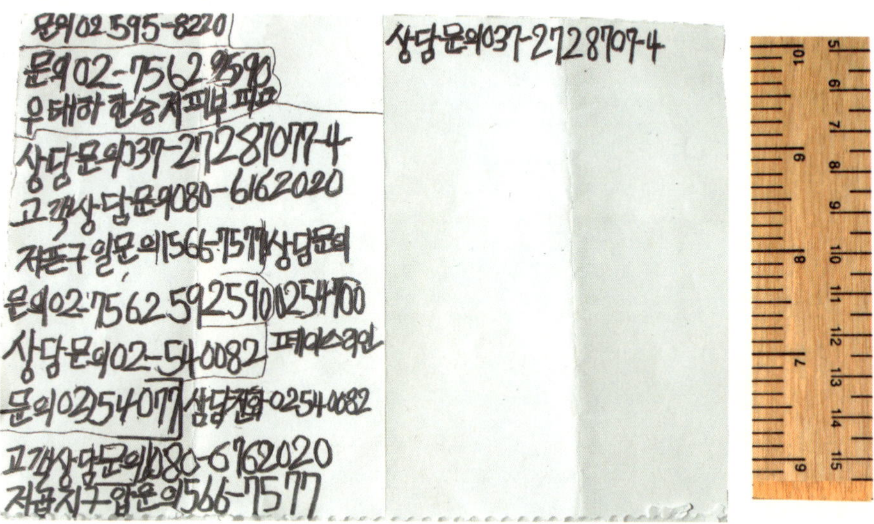

● 그림 6-30

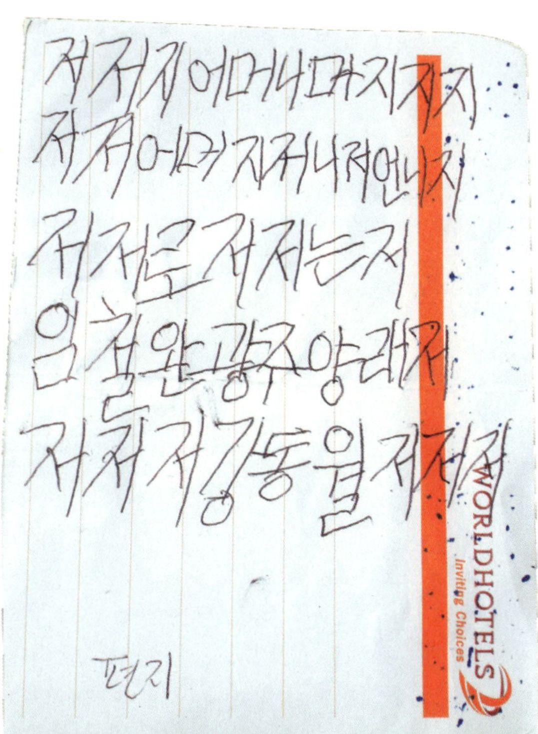

그림 6-31

그림 6-32

누나의 마지막 친필이 남아 있는 달력이다.
일 월 화 수 목 금 토

● 그림 6-33

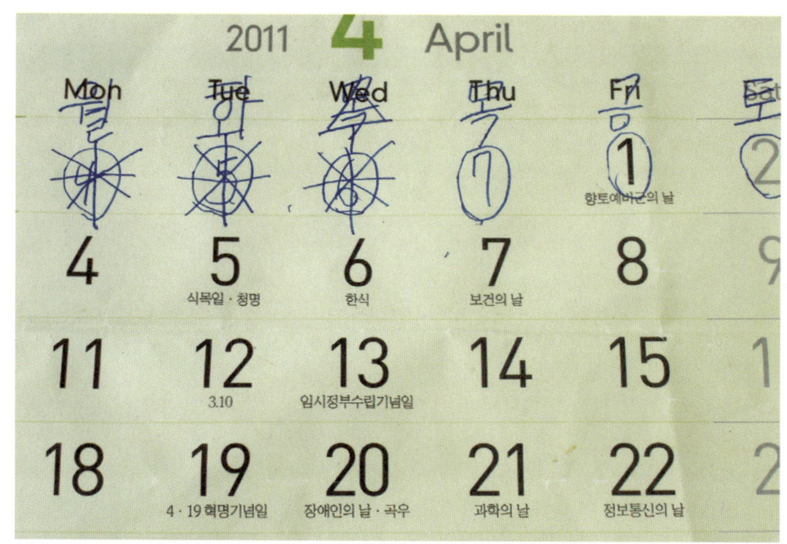

● 그림 6-34

누나는 내가 없는 동안은 달력에 표시를 하면서 내가 돌아오기를 기다렸다.
물론 내가 없는 기간의 시작날과 끝날을 미리 가르쳐주고
그 안에 표시하도록 해 주었다.

● 그림 6-35

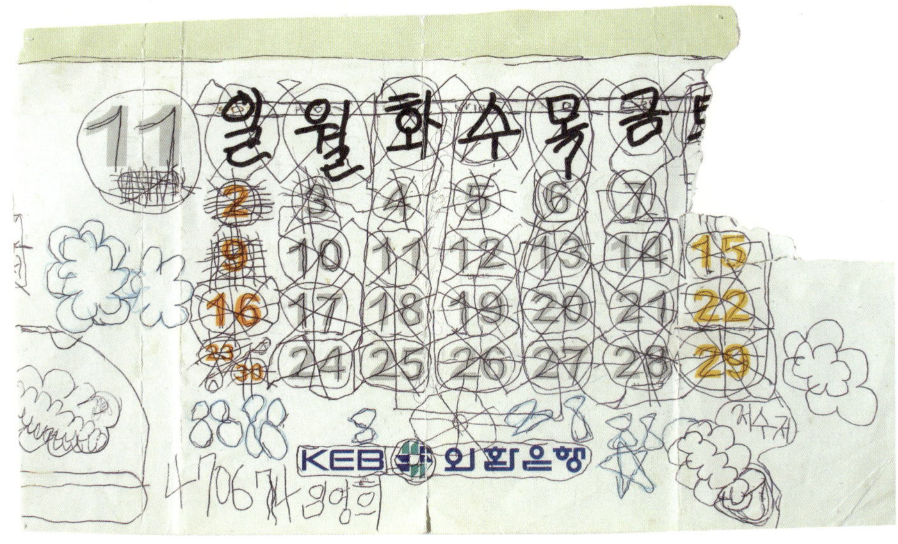

● 그림 6-36

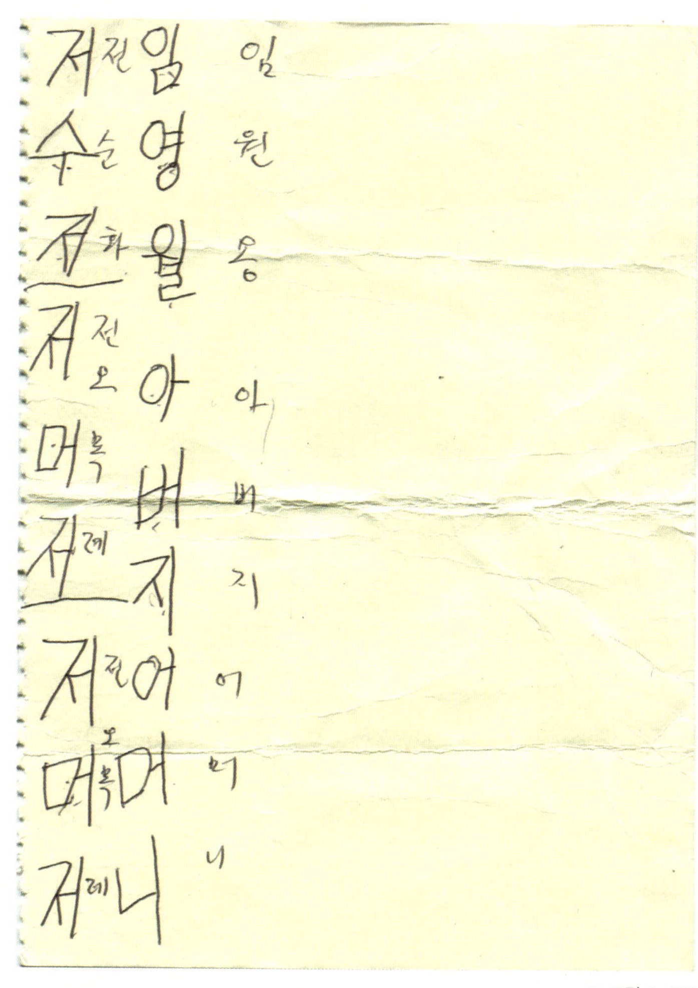

● 그림 6-37

평소 누나가 쓴 글자 중 가장 눈에 많이 뜨이는 것이 "저"字이었다.
세월이 한참 지난뒤에 나는 "저"字의 의미를 알게 되었다.
그것은 어머니의 이름이었다. 어머니의 이름은 전순화(호적명은 전오목례)이었다.
정말 다행히도 나는 여기에 보이는 글자들이 무엇을 나타내는가를 누나로부터 직접
들을 기회가 있어서, 글자 옆에 그 뜻을 써 두었다.

CHAPtER 07

우리 누나가 붙인 스티커와 클레이

외로움을 한번도 불평하지 않았던 누나!

우리 누나가 붙인 스티커와 클레이

누나는 스티커 붙이기도 좋아하였
다. 스티커는 떼어 붙이기에 쉬운 것
도 있고 너무 작고 요철도 없이 평편
해서 떼기에 어려운 것도 있다. 당
연히 전자를 좋아하였다. 전자는 값
이 더 비쌌다. 조카들이 밑그림을 그
려 준 때도 있었으나 대부분 혼자서
그냥 붙였다. 스티커와 클레이는 누
나가 혼자서 시간을 보내는데 또 하
나의 좋은 대상이었다. 예쁘고 질서
있는 선과 구조들을 혼자서 창작하
는 것을 보고서 정박아 노인도 아름
다움을 추구하고 있는 것을 새삼 알
게 되었다.

스티커나 색클레이를 사려고 아파트
단지내의 문방구점을 자주 다녔다.
문방구점 주인은 내가 어린 손자들
과 같이 사는 줄 알았을 것이다.
누나에게 스티커를 열장씩을 주면 (
한장에 대개 30개 내지 100개씩 있
다) 하루 이틀 동안에 열심히 애를 써
서 다 붙여버리고 어깨가 아프다고
화를 냈다. 그러니까 하루에 세장정
도 주고나서 상황을 보아야 했다.

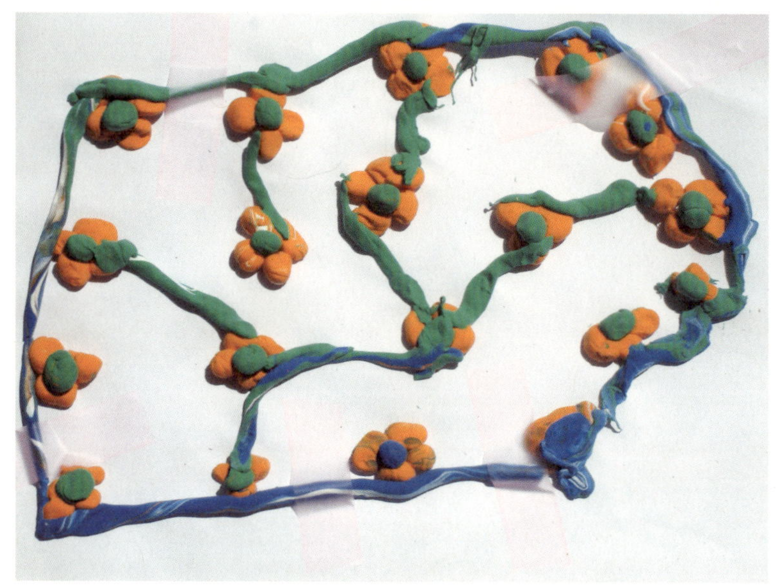

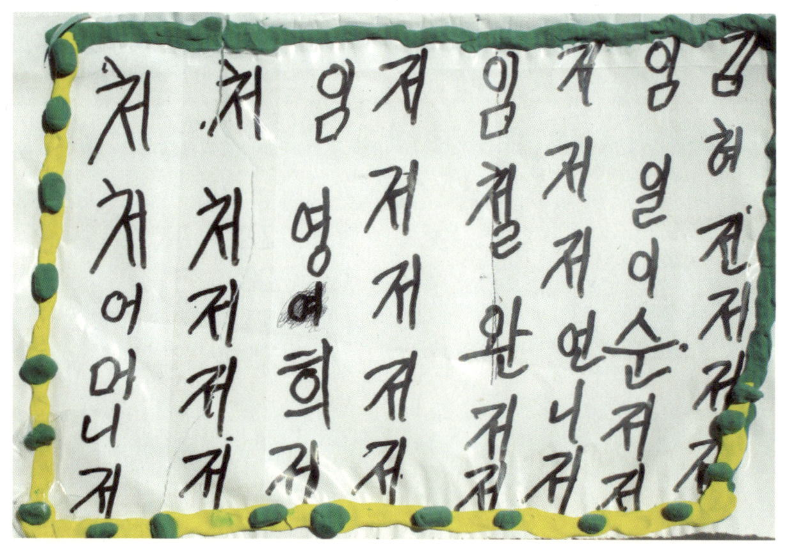

누나의 마음속에 가장 깊이 자리잡은 사람은 역시 어머니라고 생각한다.
누나가 쓴 글자 중 가장 많은 글자가 "저"字이다.
어머니 이름 "전순화"를 써 보고자 하는 시도이다.
색클레이를 이용하여 예쁜 테두리를 만든 것을 보면 아무리 나이가 들어도
아름다움을 추구하는 마음이 있음을 본다.

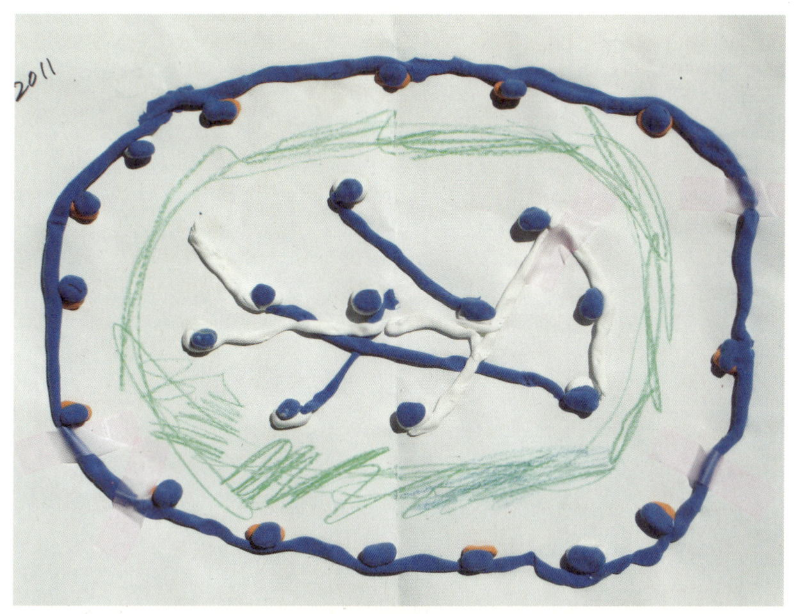

● 그림 7-3

● 그림 7-4

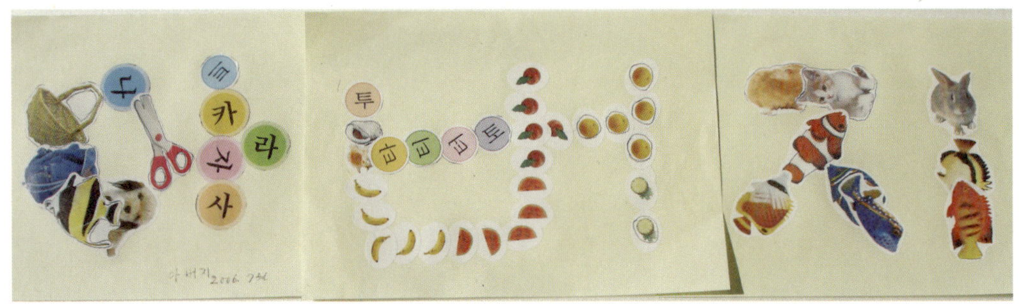

그림 7-5

그림 7-6

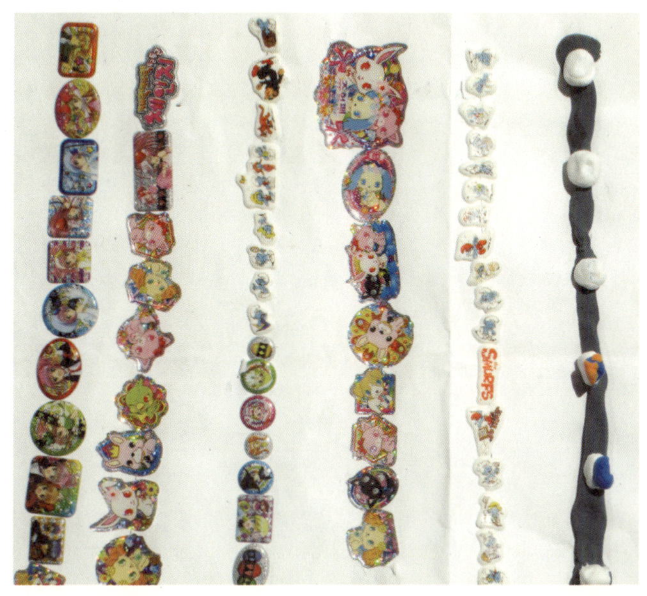

그림 7-8

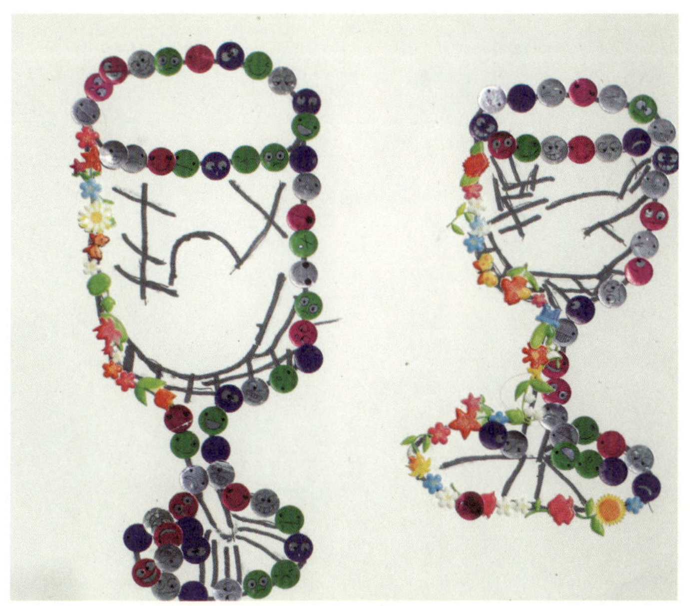

그림 7-7

크리스탈 컵 표면에 투명하게 새겨진 산맥들과
계곡들까지 그린 것이 놀랍다.

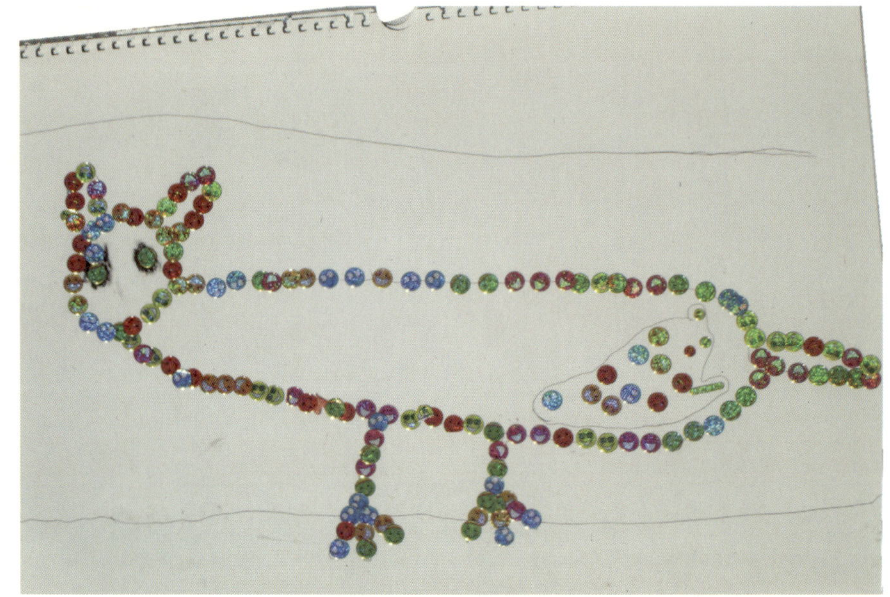

그림 7-9

그림 7-10

그림 7-11

그림 7-12

● 그림 7-13

● 그림 7-14

● 그림 7-15

● 그림 7-16

● 그림 7-17

그림 7-18

그림 7-19

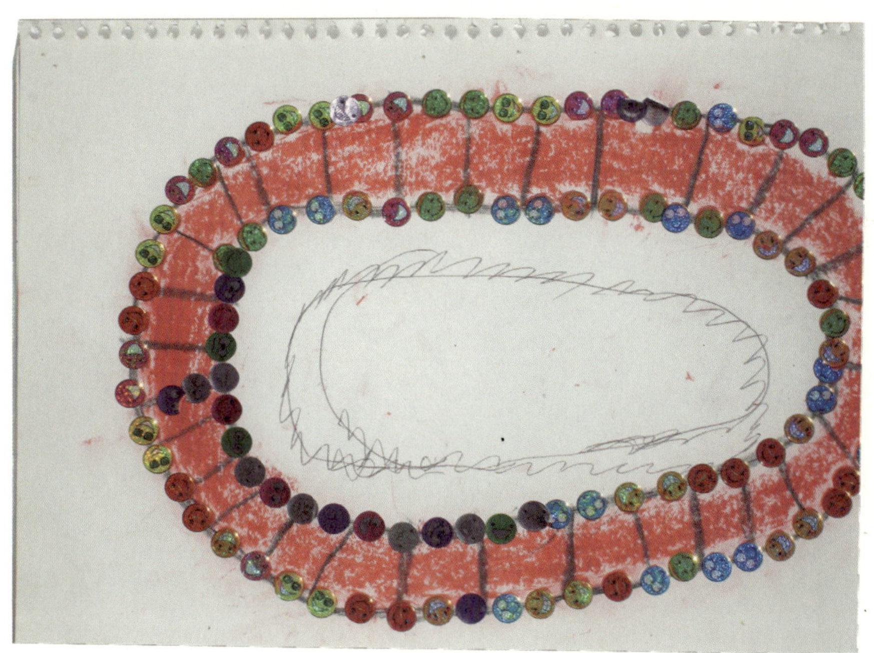

그림 7-21

● 그림 7-22

● 그림 7-23

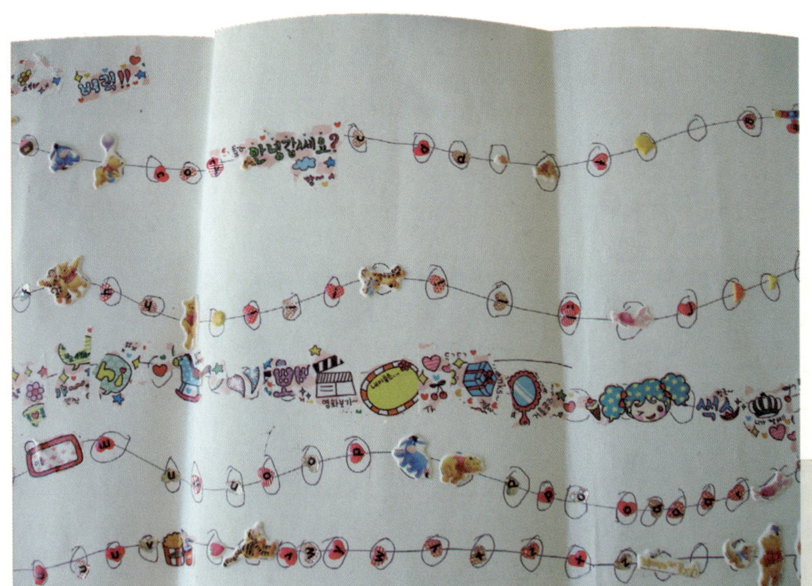

그림 7-24

그림 7-25

손가락 관절들이 변하고 굳어졌어도, 그 손으로 필기도구들을 꼭 쥐고
서 열심으로 자기 일을 완성해 가는 누나 모습.

CHAPTER 08

우리 누나의 색칠하기

● 그림 8-1

● 그림 8-2

그림 8-4

● 그림 8-5

CHAPTER 09

누나의 큰 동생집에서

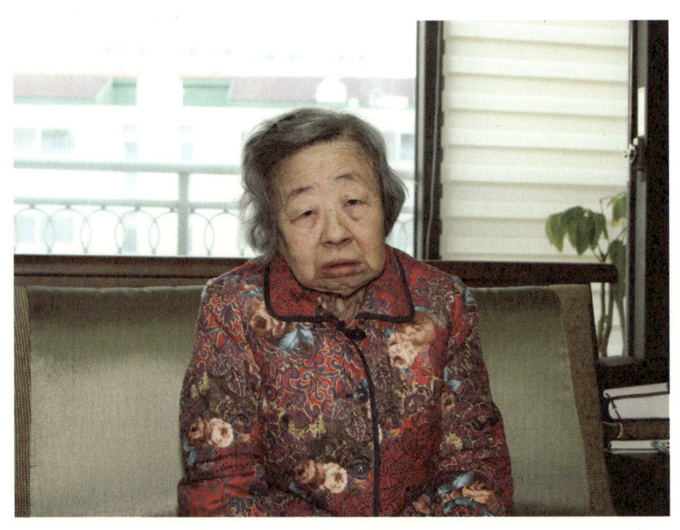

 우리 누나! 임일순

누나의 큰 동생집에서

누나는 종종 큰 동생 집에 가서 머물렀다.

나에게는 형이 되는 큰 동생은 누나의 여생에 대한 책임감을 가지고
있었으나 누나를 어떻게 대하여야 할지 그 노하우를 모르는 것 같았다.

그래서 누나는 큰 동생 집에 가서 있게 되면 마치 자유를 잃은 것 같은
마음상태가 되었다. 먹고 자는 것은 잘 공급이 되었으나 누나는 불행한
나날이었다. 누나 말대로 하면 "가목소(감옥)"이다.

큰 동생 집에서 누나가 머물 때에 그린 그림을 여기에 소개한다.

불행한 마음 상태를 직관적으로 느낄 수 있다.

그림의 대상들이 텅비어 있고, 쓸쓸하고 무섭기까지 하다.

● 그림 9-1

● 그림 9-2

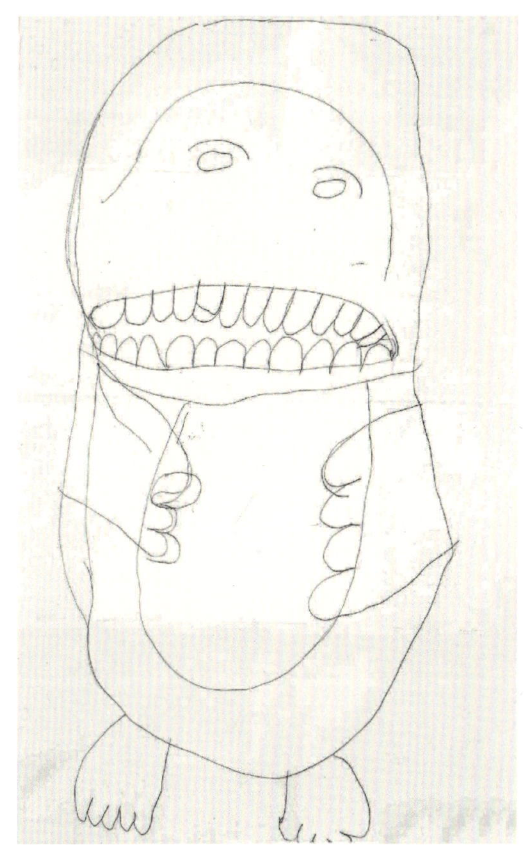

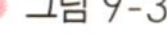 그림 9-3

그림 9-4

● 그림 9-6

● 그림 9-7

저자 주/

누나의 그림책을 만들기 위해 출판사를 찾아갔다가 우연히 누나 그림에 깊은 관심을 가진 분을 만나게 되었다. 반가운 마음으로 누나 그림에 대한 개인적 소감을 글로 써주시라고 부탁하였더니 뜻밖에 기대 이상으로 좋은 글을 써주셨다. 진심으로 감사드리며, 독자여러분들과도 좋은 만남이 어루어지길 바란다.

화가 임일순과 미지의 세계로

글 조형동
구성 최정란

우주와 함께 춤을

처음 그녀를 만났을 때 그녀는 은하수 해변에서 눈을 감고 얼굴은 먼 태고를 향한 채 우주와 춤을 추고 있었다. 우리는 이 보기 드문 광경을 보려고 그 해변에 앉았다. 우리는 우주와 그녀가 조화를 이룬 춤에, 그리고 자기에게 깊이 빠져 있는 그 무희에게 매료되었다. 우주와 춤추는 여인과 은하와 별들이 전체 속에 부분들처럼 하나가 된 듯 조화를 이루고 있었다. 은하와 별빛에 빨개진 얼굴로 그녀는 우리를 쳐다보며 말했다. "보는 사람이 있는 줄은 미처 몰랐어요. 전 자주 이곳에 와서 춤을 춘답니다. 은하가 있고 별들이 있으니까요." 그렇게 우리는 서로 이야기를 나누기 시작했다.

인물 속으로

임일순 화가 그림 속 등장하는 인물은 마치 살아 움직이는 광고판 같다. 그 광고판은 행동과 표정, 그리고 읽을 수 있는 신체 움직임으로 인물의 정서를 생생하게 노출한다. 인물을 통해 생활의 발굴과 그 복원을 할 수 있으며 동시에 소통방법의 발견과 적용도 가능하다. 누구나 마음을 열고 감상하면 그림 속 인물이 표현하는 침묵의 언어에 통달하고 화가의 따뜻한 마음을 느낄 수 있다. 동생은 누나의 거울이 아니었을까?

누나와 동생이 닮았어요.

그림 속 인물은
동생을 모델로 그린 것은 아닐까?
외모와 인품이 함께
잘 어울리는 그림이다.

그림 2-12에서 인물은 발을 앞으로 내밀고 손을 흔들며 반기는 모습이 인상적이다. 반가움을 몸 전체로 생동감 있게 표현하고 있다. 얼굴 전체 윤곽선은 코를 둥근 눈썹 선까지 끌어올리고, 입술선도 길게 타원형으로 만들어 한쪽으로 살짝 기울여 부드러운 인상을 준다. 또 손바닥을 보이며 팔을 얼굴 위쪽으로 들어서 앞쪽으로 내밀어 반가운 마음으로 상대방을 맞으려는 자세를 표현했다. 또한, 옷은 파랑, 얼굴은 노랑의 단순 혼합으로 명랑함과 밝은 성격을 드러냈다. 누군가를 반갑게 맞이하는 모습이 몸 전체에 선명하게 전해진다.

그림 2-13에서 정장을 한 남자는 위엄과 신사다운 예지에 차 있다. 목까지 끼운 단추는 단정한 인품을 보인다. 얼굴은 뚜렷한 눈매와 후덕한 콧날, 크게 드러낸 귀, 단정한 머리카락 그리고 입술을 생략해서 위엄을 드러냈다. 왼쪽 눈썹 선과 코 선을 이어서 율동을 표현하고 다시 오른쪽 눈썹 선과 단절해서 눈의 총기를 강조한 것이 인상적이다. 또한, 가늘고 예리한 철선묘의 의상은 극도로 간략하게 묘사된 얼굴과 크나큰 대조를 이룬다. 특히 옷의 표현이 번거로운데 이러한 번거로움이 고귀한 품위를 그대로 전달하고 있다. 그리고 옷의 문양은 철선묘의 수직과 수평선을 서로 교차 사용해서 무늬를 멋들어지게 나타냈다. 바지와 윗도리의 사선무늬와 수직문양의 조화, 다이아몬드문양으로 감싼 단추는 번잡해 보이면서도 매우 절제된 장식성이 돋보인다. 베틀에서 베를 짜듯 정성껏 옷에 섬세한 무늬를 그려 넣고 그 위에 다시 그리는 이중적 장식으로 의상의 화려함과 시선 집중의 효과를 구현했다. 절제된 속에서도 품위 있는 호사스러움이 엿보인다. 특히 의상을 묘사한 필선은 섬세하며 그녀의 다른 작품에서 보이는 힘차고 강한 필선과 큰 대조를 이룬다.

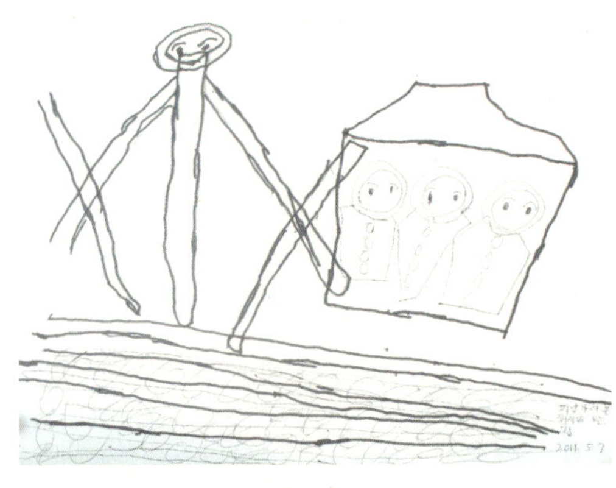

그림 1-3의 집안에는 세 명의 가족이 서로 비비 듯 몰려 있는데 유독 허수아비만이 반대편 앞으로 우뚝 서 있다. 동떨어진 허수아비가 바로 가족을 지켜줄 수호천사, 그녀 자신은 아닐지? 굵은 폐곡선으로 집을 감싸서 가족을 보호하는 담을 쌓고, 집 앞에는 무기를 양팔에 든 허수아비를 크게 배치해서 가족을 안전하게 지키려는 간절한 소망을 표현했다. 그리고 밭에는 가로 선을 굵게 그어 안전한 울타리로 삼았다. 또한, 가족의 얼굴모습, 옷매무새, 단추의 수를 같게 해서 동질감을 느끼게 했다. 6·25동란 당시의 비극적인 상황을 짐작하게 한다.

그림 2-5에서 여인은 투박하고 활력 있는 몸매의 엄격한 인상이다. 커다란 머리, 과장된 머리장식, 두꺼운 바지차림은 활동적이다. 또 몸을 과장되게 부풀려서 앞으로 튀어나오듯이 그렸다. 머리를 기울이고 다리를 엇갈리게 해서 운동감을 표현했다. 또 왼팔을 뒤쪽에 배치하고 오른팔보다 짧고 두껍게 그려서 무게중심을 잡았다. 또한, 이빨을 강하게 드러내서 화난 표정을 묘사했다. 옷 선도 매우 날카롭고 불규칙하며 도깨비 뿔 모양의 머리 장식도 강한 성격에 어울리도록 그렸다.

그림 2-4에서 치마차림 여인은 그와 대조적으로 선의 터치가 매우 부드럽고 규칙적이어서 안정감을 주는 원만한 인상이다. 타원형으로 형태만 그린 고운 입매와 약간의 미소를 띤 것과 잘 조화되어 자애로움을 느끼게 한다. 애교스런 머리장식이 그와 어울려 돋보인다. 신체는 간결하게 굴곡이 있어 부피감이 느껴지며 단아해 보인다. 그리고 옷의 문양은 평행하게 엇갈리는 선으로 촘촘하게 그렸다. 또한, 왼쪽 발은 앞에 크게, 오른쪽 발은 뒤에 작게 배치하는 구도로 공간감을 주면서 왼쪽과 오른쪽 부위의 면적을 다르게 해서 양감을 주었다. 양손을 펼쳐 반갑게 맞이하는 모양새를 하면서도 오른쪽 발을 왼쪽 발보다 안쪽으로 모아 그려 여성적인 성격을 드러냈다.

가족은 기쁨과 슬픔, 사랑과 미움이 함께 섞여 있는 용광로 같은 곳이다. 그곳에서 서로 애증을 섞으며 하루하루 생활을 한다. 그녀의 그림은 가족의 다양한 정서를 드러내고 있다. 생활에서 묻어나는 가족의 희로애락을 요점만을 잡아 간결하면서도 정감 있게 속삭인다. 위계질서가 엄격해 보이는 남성들, 부드럽고 자상한 어머니를 닮은 여성들, 그녀가 이야기하는 군상은 인간미가 배어 있다.

그녀는 정서적으로 서로 삐치거나 화가 났을 때는 팔을 생략하고 몸통만으로 감정을 표현했다. 또 서로 마음이 통하면 손을 잡은 모습으로 친밀감을 나타냈다. 그녀는 신체의 형태, 크기, 위치와 같은 물리적 거리를 두어 좋은 감정과 싫은 감정을 드러냈다. 서로 가까운 사이는 손을 잡거나 근접하게 그려 친밀감을 드러냈다. 또 상대적으로 친하지 않으면 거리를 두어 배치하거나 뒤에 작게 그려서 마음의 거리감을 나타냈다.

그녀가 그린 여성은 치마와 바지로 각기 다른 멋을 내고 머리에 파마하거나 연지 같은 볼 터치로 얼굴 화장을 예쁘게 했다. 그렇게 치장한 머리장식이나 모양은 여성스럽고 애교스럽다. 가느다란 다리, 섬세한 몸매, 녹색계열의 의상으로 여성적인 몸매를 보여준다. 그와 다르게 남성 쪽은 굵고 강한 선과 터치로 권위의식을 드러내고 강렬한 의상으로 남성의 강한 힘을 표현했다. 굵은 다리, 과장된 몸매, 보라와 검은색 계열로 위엄을 나타냈다.

보통 사람의 개성은 계급, 나이, 결혼 상태, 신념과 태도 및 사는 문화의 의해 결정되고 유행에 따른다. 그녀가 그린 가족의 개성도 이러한 대상의 문화적 특성과 원하는 가족에 관한 예술적 욕구에 의해 결정된다. 그래서 그녀의 그림에는 인간미가 넘치는 가족의 다양한 개성이 있다.

그림 2-8에서 군상은 호기심 가득 찬 표정으로 숨죽이고 내려다보는 표정이 인상적이다. 높은 곳에서 목을 빼고 내려다보는 경치는 스릴 만점!! 그래서 눈은 동그래지고 환호가 저절로 나오는 완전 인기 만점!! 높은 곳이 무서운 사람은 목 뒤가 뻣뻣해지고 심장은 두근두근 바짝 긴장!! 케이블카에서 보니 저 멀리 바다도 보이고~ 높은 곳이라 그런지 바람도 꽤 쌀쌀한 것 같은!! 그렇게 신나는 분위기가 느껴진다. 굵은 두 선으로 세이프가드를 만들어 공포와 무서움으로부터 탈출, 케이블카를 율동적인 곡선 위에 띄워 둥둥 떠서 가는 운동감을 표현하는 재치가 재미있다. 또 왼쪽에 탄 사람들은 다리를 그렸지만, 오른쪽에 탄 사람들은 몸통만 그려서 공간의 깊이를 구분했다.

그녀가 그린 군상의 표정은 다양하지만, 그림 2-14에서 유람선 나들이는 모두의 즐거움이 듬뿍 배어난다. 각자 무엇인가에 관해 신기해하는 표정은 너무나 행복한 모습이다. 사이좋게 가운데 두 사람은 서로 대화하듯이 마주 보고 있고, 그와 다르게 오른쪽 군상과 왼쪽 군상은 서로 다른 쪽을 주시하고 있다. 또한, 발을 겹치거나 간격을 두어 깊이를 표현해서 입체감을 표현했다. 왼쪽의 네 명을 굵은 선으로 울타리를 쳐서 같은 한 무리로 나타냈고 오른쪽 5명 역시 굵은 선으로 울타리를 쳐서 또 다른 무리로 구분했다. 그리고 무리를 하나로 엮는 세이프가드를 둘러 군상의 안전을 유지했다. 흔들거리는 배 위에서 여유롭게 물놀이를 즐기는 군상의 모습에서 그녀만의 상상 여행이 느껴진다. 그들이 만드는 환호는 뭉크의 절규보다 더 호소력이 있다.

즐겁고 행복한 상상은 자유이며 무료다. 그런데 현대인은 그런 상상조차 할 자유와 여유가 없다. 그럴 무렵 그녀가 속삭이는 상상의 나래를 펼치고, 알록달록 색깔을 입혀 놓은 춤사위를 보고 있노라면 마음도 한층 가벼워진다. 그림 2-24에서 보여주는 흐트러진 머리, 엉클어진 발동작은 춤추는 옷을 입고 댄스 경연대회라도 하는 듯하다. 삶의 화려함을 모을 때는 격정적인 춤을 춘다. 그림 2-25에서는 은은하게 깔리는 음악이 때로는 클래식 같다. 춤꾼은 그런 클래식 음악에 맞춰 춤을 춘다. 뱃속 아기와 호흡을 맞추며 이런저런 곡의 특성에 맞춰 어깨춤을 춘다. 그림 2-18은 환상적인 동작과 절묘한 호흡으로 사람과 춤이 하나가 된 듯해서 엄숙하고 경건할 듯도 한데, 이 그림을 보면 왠지 배부르게 먹고 어설프게 몸을 어르는 광대 같다. 관능적 춤은 아니지만 자기 흥에 취해서 적당히 주접도 떨어가며 새로운 생명을 잉태하는 춤을 추는 것만 같다.

그림에서 발의 방향이 얼굴과 반대로 움직이게 해서 리듬에 맞추어 춤추는 동작을 묘사했다. 특히 그림 2-26에 주인공의 발가락을 정밀하게 묘사하고, 서로 다르게 발가락의 균형을 깨, 파격적인 춤 동작을 강조한 것이 흥미롭다. 흐트러진 머리, 기울인 몸, 벌린 팔, 그 몸짓 하나마다 밝은 생활의 즐거움이 묻어난다. 그녀의 그림에는 생활의 활력을 불어 넣는 적당한 파격과 해학적 일탈이 있다. 또 춤꾼들의 표정은 각자 독특한 특색이 있다. 그렇게 생기발랄한 춤꾼은 바로 그녀 자신이 아니었을까? 행복한 춤을 추는 그녀, 상상할 자유마저 박탈당한 현대인에게 그녀는 무슨 메시지를 주는 것일까?

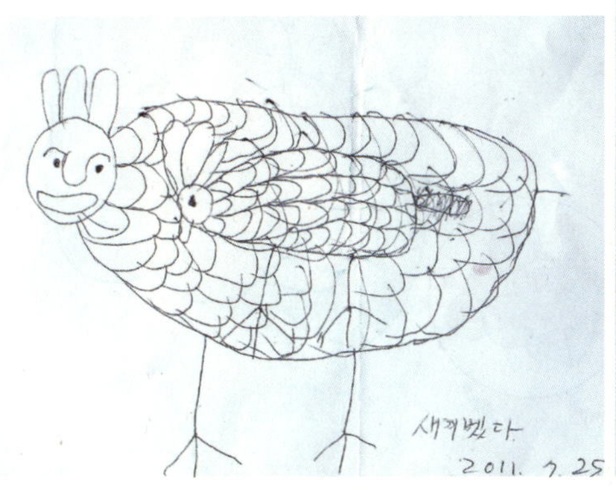

　그림 3-34에서 자궁 안에 편안하게 있는 생명체와 교감하는 암컷은 산고를 앞에 놓고도 아직은 완성되지 못한 새끼에게 자애로운 눈길을 멈추지 않는다. 해산의 고통 속에서 새 생명의 끈을 계속 잡고 놓치지 않으려는 애착이 느껴진다. 안전하게 자궁 안에 보호하려는 모성애가 감동적이다. 무엇이 그녀에게 동물을 따뜻한 엄마로 느끼게 했을까? 그녀는 새로운 생명이라는 벽 앞에 긴장하고 식은땀을 흘리지는 않았을까? 그때 갑자기 천지개벽 하듯 뭔가 희미하게 다가오는 그 작은 생명의 끈이 가슴에서 탄생하는 모성이 아니었을까? 아무리 힘들어도 탯줄은 놓치지 말아야 한다는 모성이 그녀를 예비엄마로 만들었을까? 결국, 모성만큼 찬란하고 질기고 소중한 것이 없다는 것을 그녀는 가슴으로 알고 있었을까?

　그림2-17에서 가방을 들고 아기를 자애롭게 쳐다보는 엄마의 모습이 따뜻한 모성을 느끼게 한다. 가슴에 아기를 안은 체 내려다보는 여인의 모습을 묘사하고 있어 종래에 보지 못하던 강한 모성에 관한 대담한 시도를 보여준다.

　두 그림 모두 뱃속에서나 엄마 품이거나 아기를 품은 마음은 같은 교감을 느끼게 한다. 또렷한 아기만의 눈동자, 활짝 벌어진 입은 기쁨의 생동감을 준다. 생명의 잉태와 태어난 아이를 돌보는 모성애가 돋보이는 모습이다. 살짝 아이와 눈 맞춤을 하는 모습이 생명에 대한 경외감을 느끼게 한다. 또한, 간결한 필선의 구사가 모성의 처리에도 현저하게 나타난다. 특히 동물의 몸 안에 잉태한 아기의 투사적 표현은 그녀만의 독창적인 상상력을 보여준다.

　　그녀의 풍경은 학습 되지 않은 자연스런 구도를 취하고 있다. 화면을 구성하는 요소들은 간략하면서도 단순하지만, 비례와 균형을 잘 유지하고 있다. 원경은 중심에 봉우리를 세워 균형 있게 배치하고, 근경은 나뭇가지로 시각적 균형을 잡았다. 또 색채 분할구도를 써서 화면 전체의 조화를 이루었다. 길을 내서 공간의 연속성을 통해 정중동의 맛을 느끼게 한다. 수리적 공간감이 뛰어나다.

　　그림1-10에서는 커다란 산봉우리를 오른쪽 하단부에 나누고 그 틈에 멀어지는 황톳길을 배치하고 있다. 물결 같은 산의 형태나 돌기 모양의 나무, 드문드문 붙어 있는 치아 모양의 나뭇가지, 공간을 메우듯 채운 구성은 동양적 구도 위에 별세계의 풍경을 연상시킨다. 또한, 밑 부분은 자세한 표현을 생략하고 심원을 구사한 듯 마치 안개의 바다 위에 둥실 떠 있는 느낌이 든다. 산기슭은 부드럽게 규칙적으로 이어져 둥글고 원만한 형태를 이루고 있으며 뒷부분과 희게 남아있는 부분이 반복되어 조광효과를 내고 있다.

　　한편, 나지막한 산의 좌우 양쪽 끝에 언덕과 나무를 배치하여 대칭을 이루게 하고 그 안쪽 공간에 구불구불 이어지는 길을 그려 넣었는데 정경의 묘사가 다른 그림과는 현저하게 다르다. 왼쪽 하단부에 있는 언덕, 꾸불꾸불하고 산속으로 이어지는 황톳길, 거칠고 규칙적인 산세, 원경에 보이는 병풍 같은 윤곽만의 산들, 또 그 속에 안겨 있는 밭들은 전경과 후경 사이에 적절하게 넓은 공간을 마련하고 있다. 공간개념만 가지고 본다면 모두 전경과 후경 사이에 넓은 공간을 가지고 있어서 그림이 상하로 분리된 듯하다. 그리고 구도는 좌우가 대칭을 이루게 되어 있어서 한쪽으로만 치우친 아동미술과는 큰 대조를 이룬다.

　그림1-2는 오른쪽으로 비스듬히 솟아오른 산봉우리들이 상하로 적당히 뻗어 나와 속도감을 주면서 화면을 알맞게 채워주고 있다. 또 봉우리에 비스듬히 솟아오른 나무들이 좌우로 흔들려 바람결을 느낄 수 있다. 하반부의 반원형 화면의 중앙에 흐르는 강을 따라 달리는 자동차를 그려 넣었다. 또 그 밑에는 동물들을 자동차와 같은 붉은색으로 칠해서 동적인 장면을 연출하였다. 전경의 호숫가에는 동물들이 둘러앉아 물을 먹고 있는데 이런 장면은 생동감 있는 동물의 파티장이다. 이처럼 감상자의 눈이 가장 닿기 쉬운 곳에 핵심을 이루도록 동물을 그려 넣고 그 주변에 대담한 필치로 처리한 바위나 언덕 혹은 나무들을 배치하는 구성은 그녀만의 특색이다. 또한, 산 사이에 굽은 강을 통해 다다르게 되는 곳은 아무런 배경도 없는 대지 위가 분명치 않게 끝나 있다. 신비감을 느끼게 하는 요인이다.

　한편, 간결하고 짜임새 있는 구성, 생동감 넘치는 동물묘사, 활력에 찬 주변 환경의 표현 등이 모두 이 작품들을 성공적인 작품으로 승화시켜준다. 주인공인 동물들이 자연스럽게 노는 모습, 맑게 흐르는 물, 그늘을 드리우는 검은 나무 등이 어울려 기운 생동하면서 시원한 풍경을 이룬다.

누나는 벌써 알고 있었어요!

이탈리아의 건축가 브루넬레스코(Brunellesco, Filippo:1377-1446)가 원근법을 발견하기 이전에는 그 어떤 화가도 입체를 소실점을 중심으로 표현하는 3차원적으로 표현하지 못했다. 그 후 원근법이 서양의 기본 구도로 자리 잡지만, 동양에서는 이미 삼원법을 기본 구도로 채택하고 있었고, 이것은 서양의 현대 화가들에게 많은 영향을 끼쳤다. 그 때문에 인상주의 이후에 서양에는 정밀한 원근법이 사라지게 되었다. 특히 세잔, 고갱 등은 작품의 표현 의도 때문에 일부러 원근법을 무시했고, 입체파에 이르러서는 완전히 소멸하였다. 회화에서 입체처럼 보이게 하는 3차원적 카메라 착시효과는 지금은 사라진 근대적 교육의 산물이다.

일반상대성 이론에 의하면 절대적인 공간, 절대적인 시간이란 없다. 공간과 시간은 물질로부터 따로 떼어 놓을 수는 없다. 공간과 시간과 물질은 서로 다른 단위를 구성할 뿐 하나로 일체다. 그림 5-11에서 보는 그녀의 세계는 마치 시간과 공간을 하나로 묶은 물리적 공간을 보는 듯하다. 우주 대폭팔로 돌아가 시공이 하나로 뒤섞여 10의 마이너스 43승 초, 그 존재의 출발점에 선 아기 우주가 탄생하는 순간을 보는 듯하다.

이 그림은 시간과 공간, 그리고 물질이 하나로 태어나는 혼돈의 세계, 그 순간의 역동성을 간결하게 잘 표현한 걸작이다. 시간은 머리와 몸통이 하나로 결합한 시계의 형태로 표현했고, 공간은 상하로 구분하고 받침대 앞쪽을 낮게 만들어 경사를 줌으로써 광활한 우주로 팽창하려는 작은 우주를 표현했다. 그리고 우주 만물을 이루는 물질은 둥근 몸통과 다리로 표현해서 당장에라도 넓은 우주로 달려나갈 듯 실감 나게 표현하였다. 물리적 이해와 상상력이 결합한 그녀만의 독특한 아이디어다.

빅뱅이후 시간과 공간은 서로 다른 차원을 형성하며 물질을 탄생시켰다. 시공에서 탄생한 물질의 존재영역은 3차원 공간뿐이다. 공간을 차원으로 분리 설명하는 것은 가상적인 착시현상을 설명하려는 방법론에 지나지 않는다. 그 사실을 아는 그녀야말로 아인슈타인 이전에 진정한 물리학자가 아니었을까? 교만한 인간이 스스로 과대평가해서 티끌에 비유했지만, 우주에서 진짜 티끌보다 못한 것은 태양계다. 감히 인간이 태양과 같은 크기로 비교하다니 어불성설이다. 그녀는 이미 그 사실을 알고 우리를 우주로 안내하는 것은 아닐까? 교만이 극에 달한 인간, 그런 인간에게 우주의 깨달음을 주려고 그녀는 먼 외계에서 지구로 온 것은 아닐까? 빛을 가르고 달려서 온 우주선이 멈춘 곳, 이곳 지구에서 그녀는 인간에게 무엇을 전하고 싶었을까?

그녀가 그린 우주에는 별이 해나 달보다 훨씬 크다. 그리고 항상 중심 되는 별이 있고 그 별의 위치가 더 가깝게 배치된다. 그런 면에서 그녀의 그림은 과학적이며 사실적이다. 실제 우주에서 태양이나 달은 항성인 별보다 훨씬 작다. 그녀는 그 사실을 아는 것은 아닐까? 중심별은 혹시 그녀가 살았던 고향별은 아닐까? 매우 흥미로운 구성이다.

그림 1-6에는 나무의 율동과 산기슭의 흐름이 같은 방향으로 움직인다. 그런 운동감과 밝은 색상은 생기발랄한 느낌이 든다. 좌우 대칭적 배치로 균형을 이루면서도 먼 우주를 향해 날갯짓하는 생동감이 넘치고 있다. 또, 그림 1-5에는 단순하게 선으로만 묘사된 행성이 있다. 중심에는 큰 별이 있고 양쪽에는 태양과 달이 있다. 둥근 산에는 나무가 그리고 땅에는 둥근 모양의 자동차가 달리고 있다. 둥글게 우뚝 솟은 산봉우리는 무엇일까? 우주와 춤을 추는 그녀 자신의 자태는 아니었을까?

그림 1-1에는 태양이 두 개가 뜨고 있다. 낮과 밤이 하나인 행성일까? 검은 하늘과 파란 바다에 무리지어 노는 동물들이 흥미롭다. 나무들도 땅 위가 아니라 물에서 자라고 있다. 땅에는 푸른 숲이 있고 그 사이를 가르며 강이 흐른다. 바로 그녀가 살았던 고향별은 아닐까? 이 작품은 중앙을 중심으로 좌우 같은 수의 개체를 배치해서 균형을 이루고 있다. 짝을 이룬 배치는 모두가 함께 손을 잡고 살아가는 우주의 질서를 암시하는 것은 아닐까? 그녀의 상상력이 뛰어나다. 그녀는 외계에서 지구로 온 미술가임이 틀림없다.

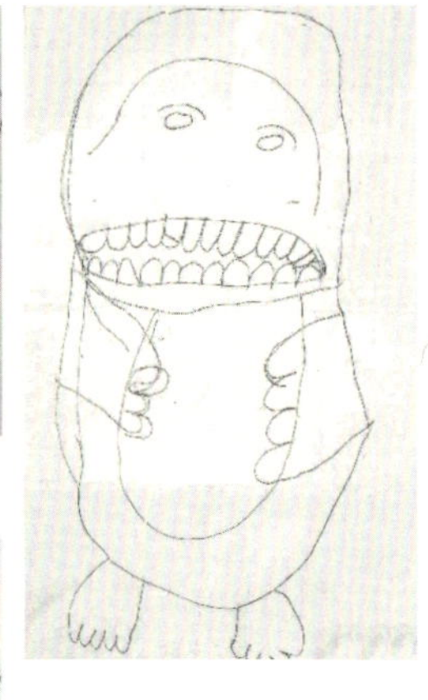

그녀의 그림은 피사의 사탑 방에 사는 사람들이 같은 눈높이로 교감하고 서로 소통하는 방법을 일러준다. 서로 담을 쌓고 남처럼 보는 삐뚤어진 이웃에서 울타리를 허물고 가슴에 서로의 마음을 담을 수 있는 따뜻한 눈 맞춤을 주고받는 이웃에 대한 소망을 그렸다.

위의 그림들은 정신 장애로 취급하는 왜곡된 편견에 괴로워하며 그녀가 얼마나 슬펐는지 피사의 사탑 방에 홀로 상실된 내면을 잘 드러낸 그림이다. 서로 무엇을 느끼고, 어떻게 소통하고 왜 함께 공유하며 살아야 하는지! 그 이유에 대해 생각해 보는 시각에서 교감과 공감대를 형성한다. 다른 인격체에 대해 공감하고 교류하도록 손짓한다. 조금은 다른 눈으로, 갈릴레오의 시각으로…….

그림 9-1에서는 억눌린 의식이 기형적인 야수로 표출됐다. 마귀의 눈동자, 노려보는 시선, 진한 눈썹, 벌린 입, 톱니 이빨을 드러내서 무섭고 위협적인 성질을 표현했다. 또한, 야수는 쩍 벌린 잎과 큰 이빨이 있는 머리 부분이 유달리 크게 보인다. 그리고 다리를 안쪽으로 모아 당장 달려들 것 같은 공격적 형상이다. 피부를 덮은 반원 형태의 파충류 비늘은 오른쪽으로 굽어져 박진감 넘치는 운동감이 느껴진다. 또 동물의 몸체에 사람을 의미하는 손과 발을 함께 그려, 동물과 혼합된 인간의 탈을 쓴 야수의 본성을 적나라하게 보여주고 있다. 그녀는 위선의 가면 뒤에 숨은 인간의 본성을 고발한 것은 아닐까? 상실의 시기에 탐욕에 빠진 야수적 인간을 표현하는 빼어난 작품이다.

그림 9-3에서 기형적 아이는 손은 안으로 모으고 고개를 숙이고 어깨는 보이지도 않을 정도로 처져 위축된 모습이다. 드러난 이빨이 공격성을 띠고 있지만, 눈동자 없는 눈은 힘없이 무기력한 모습이다. 발끝도 안쪽으로 향해져 힘없고 방어적인 자세로 거리를 두고 있다. 코를 생략하고 이빨은 드러내 반항적 모습을 보이지만 여전히 풀죽은 모습이다. 억눌려져 항거하고 싶어도 저항할 수 없는 기형적인 형상이다. 무엇이 그토록 그 아이에게 슬픈 에피소드를 만들었을까?

한편, 그림 9-2에서 폐쇄된 건물은 문 입구가 닫혔고 외부와 단절된 교회다. 창문 사이의 거리를 멀리 두어 마치 가까운 이웃이 될 수 없는 정서를 드러내고 있다. 그래서 서로 거리감을 느낄 뿐만 아니라 외부와도 단절된 매우 정적인 모습이다. 조용한 정적이 흐른다. 창문 사이도 넓게 떨어져 서로 거리감을 느끼게 한다. 이곳에는 그 어떤 생동감도 없다. 누구와 함께하려는 미동도 보이지 않고 외부와 교신하려는 안테나도 보이지 않는다. 그저 폐쇄된 공간에 무거운 침묵만 흐르는 정경이다. 그저 공동체가 아닌 낯설고 닫힌 공간에 나그네가 있을 뿐이다. 왜 그녀는 고립된 공간에 스스로 갇힌 것일까? 무엇이 마음의 문을 닫게 한 것일까? 상실의 시기에 그녀는 어디로 가고 싶었을까? 피사의 사탑 방에 사는 사람과 외계인 예술가는 누가 더 삐뚤어 졌는가? 누가 더 뒤틀린 인간인가? 정적만이 감도는 교회는 그녀가 얼마나 열린 세계를 열망했는지 잘 보여준다.

그녀는 어디에서 왔고 어디로 가고 싶었을까? 또 누구와 이야기하고 싶었을까? 그녀는 고향별의 그 누구를 그리워하며 돌아가고 싶었던 것은 아니었을까? 그녀가 보내는 전파는 어떤 마음을 품고 있었을까?

그림 1-13에서는 입구가 활짝 열렸고, 교회 창문도 층마다 7개로 같게 그려 모두 함께 라는 동질감이 느껴진다. 또 교회 입구를 수직선으로 면 분할해서 문이 열려 있음을 표현하고 왼쪽에는 점을 찍어 열린 공간을 암시했다. 지붕에는 안테나를 세우고 두 개의 선을 하늘 쪽으로 향해 미지의 세계와 교신하려는 발상이 공상영화 같아 재미있다. 특히 분리되어 출발하는 전파가 점점 하늘로 올라갈수록 좁아지는 공간감과 다시 합해지는 조우는 기발한 아이디어이다. 또 창문마다 십자가처럼 열십자로 나누어 사람들의 소원이 우주와 일치하도록 일체감을 생동 있게 그렸다. 창문 사이의 거리는 아주 가깝게 율동적으로 묘사해서 가까운 이웃끼리 수다라도 떨듯이 서로 활발하게 교류하는 느낌이 들었다. 그녀가 안내하는 미지의 세계야말로 인류의 고향인 열린 우주가 아니었을까?

그림 2-28에서 삿갓을 씌운 듯이 위로 밀집된 구도, 광주리 엮듯 서로 빽빽하게 얽힌 나뭇가지와 나뭇잎들, 꽉 막힌 밀실구조는 숨 막히도록 답답하다. 또 나무는 아이를 돌풍에 말아 올릴 듯 사납다. 나약한 한 아이의 망연자실한 모습이 안쓰럽다. 존재감이 상실된 윤곽만 남은 얼굴은 일자 눈썹을 하고 눈동자는 소실되고, 코와 입도 생략되었다. 시선은 큰 여성 쪽을 향하지만, 힘없고 무기력한 모습이다. 겨우 형태만 그린 몸통은 허공에 떠있어 언제라도 도망이라도 갈 듯하다.

한편, 몸집이 큰 여성은 무서운 표정을 짓고 있다. 머리는 이중으로 쌓아 올렸고 뚜렷한 얼굴에는 어딘지 어름같이 차가운 느낌이 든다. 눈매만 있는 강렬한 눈, 뚜렷한 눈썹과 확대한 콧구멍, 벌름거리는 코, 벌어진 입에 강한 이빨을 드러냈다. 또 팔을 활짝 벌리고 복부를 띠로 부풀려 힘센 모습을 강조했다. 그리고 나무를 오른쪽으로 쏠리게 해서 그녀의 물리적인 힘을 강하게 표현했다.

이 그림에서는 나무로 담처럼 막아 풀죽고 나약해 보이는 한 아이를 격리하고 있다. 이 외떨어진 왜소한 아이가 바로 소외된 그녀 자신은 아닐지? 사치와 방탕, 억압과 박탈, 그리고 타락의 끝이 보이지 않는 세상에서 그녀는 무엇을 보고 느끼고 말하고 싶었을까? 그녀의 그림은 인류가 풀지 못하는 우매한 질문에 답을 암시하는 것은 아닐까? 뭉크의 절규보다 더 감동적인 그녀의 침묵이 그 답을 찾을 수 있는 실마리는 아닐까?

그녀의 그림은 악마의 상상력이 낳은 여러 괴물, 꿈틀거리는 생명의 힘이 그 위력을 과시한다. 우주에 선과 악을 잉태하는 탯줄이 훨훨 날아다닌다. 그녀의 그림은 때로는 선악에 관한 희로애락이 분명해서 뭔가 짜릿한 맛을 느끼게 하는 청량제 같다. 그렇게 그녀의 그림은 선과 악을 구분해서 생명의 힘을 느끼게 한다.

그녀는 특히 마귀의 형상을 한 상상의 동물에서 악의 본질이 무엇인가를 극명하게 보여준다. 그림 3-39에서 당나귀 귀, 솟아오른 돌기, 날카로운 이빨, 노려보는 눈, 숨긴 발톱, 납같이 차가운 내장은 먹이를 노리는 포식자로 다가와 악의 두려움과 공포를 피부로 느끼게 한다. 마치 먹이를 물려는 먹이사냥의 순간 전율하는 듯하다.

그녀의 그림 2-1에서 두드러지는 점은 선과 악을 분명하게 구분해서 악은 미운 이미지로 연결하고, 선은 아름다운 이미지로 연결하였다. 악마는 두려움이나 공포의 대상으로, 천사는 아름다움이나 부드러운 대상으로 표현했다. 그리고 위치와 크기로 악마의 서열을 표시하고 우월적인 악마는 정면을 똑바로 바라보는 당당한 모습으로, 추종하는 악마는 머리를 조아리며 복종하는 모습으로 계급적 우열의 차이를 뚜렷하게 드러냈다. 악마는 중복된 동그란 눈동자로 해학적으로 사나운 인상을 그렸고 신체 부위를 생략해서 기형적인 형태를 한 두려운 모습을 그렸다. 자루모양의 몸통은 지옥에서 올라온 유령들 같다. 그런가 하면 피노키오 타입의 코나 자루를 쓴 달걀형의 얼굴은 달걀귀신 같은 우스꽝스런 모습도 있다. 그녀의 해학적인 재치가 엿보이는 장면이다. 그녀가 말할 수 없는 선과 악의 세계는 이렇게 살짝 웃음이 있는 세계가 아닐까?

그녀의 상상의 나래는 동화보다 더 동화적이다. 때로는 고대 이집트 피라미드를 여행하는 것 같다. 그 안에 그녀는 우주의 환상을 상형문자처럼 그녀만의 문자로 자유롭게 이야기하는 것 같다. 그녀의 이야기 속에 등장하는 상상의 동물들은 너무나 신기하고 새롭다. 정말 그녀만이 아는 우주의 비밀은 아닐까?

동북아의 고대인들은 태양이 온도 빛 생명의 세 가지 힘으로 나타난다고 보았다. 그래서 태양을 그리되 그 속에 발이 세 개가 달린 까마귀를 그렸다. 태양을 상징하는 세발까마귀는 태양신화의 궁극에 해당하는데 새를 숭상하는 조류신앙과 결합한 삼족오는 반인반수의 모습으로 신앙으로 발전하였다. 그녀의 그림에서는 사람은 다리로 기타 동물은 삼족오와 같이 다리를 표현해서 구분하였다.

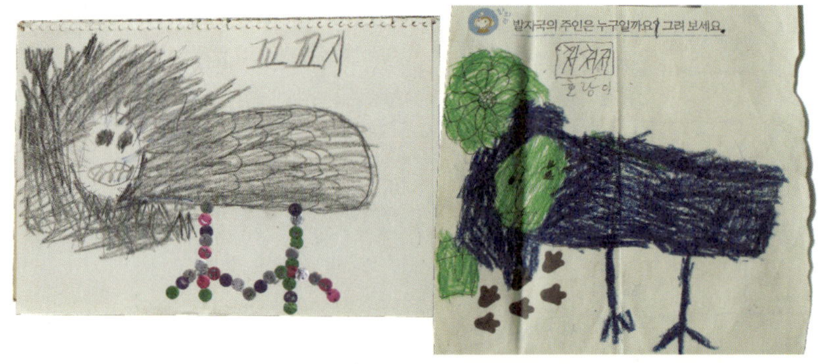

그림 3-27에서 사람과 동물은 발의 형태를 달리 표현해서 명확하게 그 차이를 구분했다. 또 그런 형태와 연결한 선과 악, 남자와 여자, 희로애락의 뚜렷한 정서는 모두 비례와 균형을 이루면서 조화롭게 통일성의 세계로 이끈다.

한편, 인어를 그린 그림 3-33에서는 사람을 상징하는 다리가 인어를 나태는 비늘과 함께 그려져 있다. 가슴 윗부분은 사람으로 하체 부분은 동물로 보고 있다. 그녀는 인어를 반은 사람이고 반은 동물로 의식하고 그렸다. 그녀는 인어공주의 이야기를 새롭게 엮어 들려주는 것은 아닐까? 또한, 그림에서 위는 인어를 그리고, 밑에는 그 인어를 설명

하는 문자로 그 줄거리를 전달하려는 듯하다. 마치 위에는 회화를 보고, 밑에는 그 그림의 내용
을 설명하는 이집트의 상형문자를 보는 듯하다.

그녀의 그림은 그 어디엔가 있을 동화 속에 평화로운 세상을 꿈꾸고 있다.
사람과 동물이 함께 어울리며 환호하고 있다. 마치 베토벤의 합창을 연주하는 것 같다.

그러면 그녀가 보내는 동물세계의 메시지는 무엇일까?

먹이사슬의 정점에 있다고 착각하는 인간의 교만은 포식자로의 위치만을 강조하고 있다. 그렇지만, 생태계의 먹이그물은 인간만이 유리하게 지배하도록 짜인 먹이 망(food map)이 아니다. 인류와 비슷한 진화 역사를 가진 다른 종들은 자신들의 먹이사슬에서 마찬가지로 중요한 역할을 한다. 사람과 더불어 사는 동물은 무수히 많은 생태계마다 고유의 복잡한 역동성과 관계가 있어 인류의 평화와 행복에 중요한 역할을 하고 있다.

그녀의 그림은 그렇게 동물들과 교감하고 공감대를 형성한다. 미지의 세계와 서로 소통하는
방법을 배운다. 서로 담을 쌓고 남처럼 사는 외계인이 아니라 울타리를 허물고 가슴에 서로의
마음을 담을 수 있는 따뜻한 세계로 안내한다. 서로 무엇을 느끼고, 어떻게 소통하고 왜 함께
공유하며 살아야 하는 지 그 이유에 대해 생각해 보도록 한다. 동물을 통해 미지의 세계에 사
는 다른 인격체에 대해 공감하고 교류하도록 한다.

동화보다 더 동화 같은 그녀의 그림은 동물의 가치를 올바르게 알게 해서 동물이 인간에게
주는 여러 혜택을 존중하도록 한다. 자기중심적이며 남을 배려하는 마음이 고갈될수록 순수
한 동물의 세계와 접해서 상실되어가는 인간 본연의 성정을 되찾게 한다. 이것이 그녀가 보내
는 진정한 메시지가 아닐까? 우리는 그녀의 그림을 통해 서로 함께 어울려 사는 방법을 배워
야 하지 않을까?

작품해석

화가를 만나기 전에

화가(임광례)는 선천적 정신지체장애 2급이며 만 75세로 세상을 떠났다. 평생 가족과 함께 생활하는 동안 인물, 풍경 등 다양한 그림을 그렸다. 그녀의 작품 활동은 매우 희귀한 경우이며 그런 그림들은 미술, 의학, 심리학, 뇌과학, 정신장애치료 등과 관련이 있는 소중한 자료이다. 더불어 작품 제공자도 의대에서 교육을 담당했던 의대 교수로서 자료에 대한 신뢰성이 높다. 그림에 관한 해설은 다양한 각도에서 접근과 분석을 할 수 있지만, 여기서는 주로 미술적 관점에서 접근해 쉽고 재미있게 이해하도록 설명하였다. 또한, 지금까지 경험할 수 없었던 화가의 의식 흐름을 유추해서 새로운 미술 세계를 발굴하여 누구나 상상의 나래를 활짝 펴고 미지의 세계로 즐겁게 여행하도록 하였다.

일반인과 다른 세계에 살았던 특수미술 화가의 마음을 읽거나 그림을 해석하고 활용하는 것은 대단히 가치 있는 일이다. 그래서 화가가 무슨 생각을 하고 어떻게 행동하려고 하는지, 그리고 작품에 관한 해석이 올바른지를 알아내려면 표정, 몸짓, 신체움직임, 근접거리, 접촉자세, 옷차림 등을 종합적으로 체계화하여 판단해야 한다. 화가는 보통 자신의 생각과 의도가 투명하게 내비치는 작품을 보여준다. 그것을 통해 화가의 감정, 생각, 의도를 간파할 수 있다. 작품을 관찰 및 탐지하고 해석함으로써 더욱 성공적으로 화가와 상호작용하는 방법을 알아낼 수 있다.

또한, 작품해석은 미술뿐만 아니라 심리학, 사회학, 커뮤니케이션학 그리고 인류학이 최근 밝혀낸 연구와 경험을 토대로 하고 있다. 그래서 화가가 말로 표현하지 못하는 행동의 의미를 정확히 읽어낼 수 있다. 나아가 화가가 말하고자 하는 에피소드가 무엇을 의미하는지 디자인을 통해서도 쉽게 이해할 수 있다. 마음을 열고 감상하는 사람은 누구나 작품이 표현하는 침묵의 언어에 통달하면 화가의 마음을 읽을 수 있다.

특수미술의 정의와 이해

특수미술은 선천적 지적 장애를 지닌 인격체나 후천적 외상에 의한 정신장애인의 미적 세계를 다루는 예술분야로 볼 수 있다. 그렇지만, 특수미술이 지닌 특징을 간단히 정의하기란 쉽지 않다. 그 양상이 다양하고 거의 알려지지 않았기 때문이다. 현존하는 특수미술의 자료들은 어떤 것이 어떻게 제작된 것인지 확인하기 어려운 경우가 대부분이다. 특수미술 작품은 대체로 화가가 밝혀져 있지 않고, 밝혀져 있다고 해도 확인이 되지 않을 뿐만 아니라 제작과정이 정확히 알려진 게 없어서 정확한 작품을 찾기란 기대하기 어렵다. 이 때문에 특수미술의 양식을 규명하는 일은 일반회화의 경우보다 훨씬 더 어렵다. 단지 일반회화와 깊은 연관을 맺고 있어서 일반회화의 특징과도 상호 밀접한 관련성을 지니고 있지만, 아동미술이나 일반미술과는 차이가 있다. 또 치료를 목적하는 치료미술과도 차이가 있다.

특수미술은 아동미술이 지닌 천진성이나 순진무구함, 단순성 위에 창작성도 두드러지게 지니고 있다. 특수미술에서는 단순성뿐만 아니라 주제나 내용, 표현방법 등 여러 가지 측면에서 종합적으로 볼 때 대단히 복잡한 양상을 띤다. 그런 다양성이 특수미술을 더욱 풍요로운 예술로 보배롭게 한다. 그리고 일반미술과 비교하면 채색이 특히 강하고 장식성이 간결하면서도 두드러진 것을 부인할 수 없다. 일반 미술이 학교교육의 영향을 강하게 받아 인위적이며 조작적 성향이 강한 데 비해, 특수미술은 그런 영향에서 벗어나 자유롭고 신비로운 색채를 띠고 있어 큰 대조를 보인다. 따라서 특수미술이 조잡하고 색채를 중시하지 않았다고 보는 생각은 잘못됐다. 강한 채색 중에서도 자연친화적 색이 두드러진 것을 볼 수 있고, 밝고 선명한 색채가 주조를 이루고 있어 일반회화보다 장식적 효과가 강하고 강렬하다. 특수미술의 색채는 알려지지 않은 자연적 색채감이나 몽환적인 미의식을 파악하는 데 좋은 참고자료가 된다.

특수미술의 연구목적과 방향

특히 주변에서 실제로 접할 수 있는 소재를 다루었던 특수미술 분야의 작품이 유행할 수 없었던 것은 시대에 팽배해 있는 사회복지 차원의 미술 치료가 중요한 요인이 되었을 것이다. 치료미술로 불리는 이 시대의 일반적인 경향이나 미술 치료의 동향에서도 이를 어림해 볼 수 있다. 그러나 그런 경향이 특수미술화가의 작품을 비롯한 예술 전반에 구체적으로 또 얼마나 영향을 미치게 되었는지는 본격적인 연구가 되어 있지 않다. 이점은 비단 치료미술 분야나 사회복지 쪽에만 치우쳐 있어 예술적인 측면에 대해서는 별다른 진전을 보이지 않고 있다. 미술계의 이러한 경향은 비단 이 시대의 미술 연구에서뿐만 아니라 예술 전반에 걸쳐 나타나는 것으로 특수미술 분야의 연구자들에게 많은 아쉬움을 준다. 미술이라는 것이 결국 인류가 이룩한 예술적 업적의 현상을 규명하는 데 있음에도 정신의학이나 사회복지에 치중한 나머지 특수미술화가의 창조적 문화현상을 소홀히 다루는 듯하다. 그런 미술계의 일반적인 경향은 이 자료를 계기로 앞으로 시정되어야 한다.

특수미술 관련 자료는 다른 분야에 비하여 남아 있는 작품과 기록이 풍부하지 못하고 그 대체적인 윤곽조차 널리 소개되지 못하는 편이다. 특히 그녀와 같은 특수미술의 화풍을 확립시킬 수 있는 화가들의 생애나 작품 등에 관한 연구조차도 대개 심층적이고 체계적인 방법으로 시도된 것이 드문 실정이다. 즉 그들의 생애에 관해서도 전혀 파악이 안 됐고 그들의 화풍이 지닌 양식적 특색이 무엇이며 그것이 어떠한 변화를 겪었고, 또 변천을 가능케 한 요인이 무엇인지, 그들이 일반미술이나 외래의 화풍에서 무엇을 수용하고 서로 어떠한 영향을 미쳤는지 등의 구체적인 문제에 관해서는 체계적인 연구가 부족하다. 이러한 구체적인 연구의 부족은 화가의 화풍을 규명하면서 더 폭넓은 이해가 요구됨에도 결국 그들의 작품에 관한 이해를 피상적인 수준에 머무르게 하고 있다. 일례로 그녀의 작품의 형성배경에는 심리적 측면 이외에도 강한 문화 활동 등 다른 다양한 요인들이 작용했음을 가볍게 보아서는 안 된다. 냉철하고 객관적인 인식이 요구된다.

특수미술을 연구함에 또 유의해야 할 사실은 사회와의 상호관계이다. 흔히 특수미술의 경향은 고립되어 파생된 독립적인 현상으로 속단하는 경향이 많다. 그러나 그들 회화의 새로운 경향들도 결국 대부분은 그 사회의 전통과 긴밀한 관계 아래 생성된 것이다. 예컨대 특수미술 작품은 독특한 생활환경에 의해 형성되고 종래의 전통적인 경향에 새로이 화법을 구사하여 발전시킨 것으로 볼 수 있다. 따라서 새로운 화풍의 연구에는 그 특색뿐만 아니라 주변의 사회와 어떠한 맥락이 있는지 그리고 사회적 환경이 새로운 화풍의 형성에 어떠한 역할을 했는지 유념할 필요가 있다.

그와 관련하여 그녀와 같은 환경에 충실한 특수미술화가들의 동향에도 많은 관심을 기울여야 한다. 그녀는 학습에 의하지 않고 따라 그리면서도 한편으로는 새로운 화법을 수용하고 독자적인 그림을 그려 특수미술이 전개될 새 동향을 예시하고 있다. 이 밖에도 그녀의 회화와 관련하여 특수미술의 수용문제, 특수미술의 화법과 수용, 특수미술의 배경과 교섭적 측면의 연구가 필요하다. 또 그들의 역할이나 업적 등도 알아볼 필요가 있다. 그리고 특수미술 관계의 문헌사료와 작품사료의 철저한 조사, 특수미술 양식의 분석검토, 다른 미술 분야와의 비교연구 등도 필요하다.

특수미술과 임일순의 작품세계

특수미술에서 일반적인 인물화는 불필요하게 굵고 곡선적인 선으로 의상을 묘사하고 장식적인 느낌의 채색을 곁들인다. 다른 화가들의 그림에는 안면의 묘사나 의상의 처리에 심한 매너리즘이 엿보이는 경우가 적지 않다. 그렇지만, 그녀의 자화상들은 간결하고 깔끔한 의복차림의 가족을 배경으로 그녀만의 전신 능력과 창의력을 말해준다. 일반적으로 아동이나 정신 장애인이 그린 인물화는 불균형과 부조화를 이룬다. 또한, 얼굴도 곱게만 묘사되어 있거나 공격적 성향을 드러내 아무런 감동도 주지 못한다. 전체적으로 어떤 개성을 지닌 특정한 인물을 대하는 느낌보다는 곱게 단장된 막연한 사람을 보거나 섬뜩한 감이 든다. 이점이 바로 다른 작품과 그녀의 작품을 구분지는 큰 차이점이다. 화풍 상의 특징은 예리하면서도 동화적인 얼굴의 뛰어난 묘사나 간결하면서도 해학적인 의상의 처리에 그녀의 솜씨가 배어 있다. 또한, 예리하게 핵

심만 간추린 얼굴의 묘사와 간결하면서도 요체를 얻은 의상의 처리에는 그녀만의 환상이 배어 있다. 그림에서 보이는 가늘고 예리하며 번거롭지 않은 철선묘의 선들은 간략하게 묘사된 전신의 얼굴과 크나큰 대조를 이룬다.

한편, 또 다른 작품세계에서는, 꾸불꾸불하고 양쪽 끝이 같은 산길, 거칠고 규칙적인 물결, 원경에 보이는 병풍 같은 윤곽만의 산들, 규칙화된 산의 형태, 평행한 대상물 그리고 색채의 현격한 대조와 같은 특징들은 그녀만의 풍경을 낳게 한다. 그녀의 작품은 오히려 동화 같은 구성을 보여주고 있으며 몽환적인 연속적인 구도를 특징으로 하고 있다. 전경과 후경 사이에 지나치게 과장된 넓은 공간을 마련하고 있다. 그런데 이러한 공간처리 또는 구성은 작품의 상상력을 불어 넣는다. 그리고 구도는 좌우가 대칭을 이루어서 한쪽으로만 치우친 아이들의 그림과는 큰 대조를 이룬다. 이러한 점들은 그녀의 작품들이 근본적으로 같은 계통의 작품이면서도 아동미술과는 다르게 새로운 경향으로 발전하였음을 의미한다. 이처럼 감상자의 눈이 가장 닿기 쉬운 곳에 핵심을 이루도록 주인공을 그려 넣고 그 주변에 대담한 필치로 처리한 바위나 언덕 혹은 나무들을 배치하는 구성은 그녀만의 특색이다.

공간개념만 가지고 본다면 모두 전경과 후경 사이에 넓은 공간을 가지고 있어서 그림이 상하로 분리된 듯하다. 앞에서 지적한 것처럼 3단의 나지막한 산이나 언덕으로 구성되어 있다. 동물화는 전경의 언덕 위에 동물들이 둘러앉아 놀고 있는데 이런 장면은 그녀의 그림에 종종 보인다. 전체적으로 세부적으로나 그녀만의 특색을 보여줄 뿐 치료미술적인 요소는 전혀 나타나고 있지 않다. 그림은 상상력이 풍부한 몽환적인 구성을 보여주고 있다. 이점은 전체적인 화풍을 달리하면서도 서로 구도나 공간처리에서 유사함을 보여준다. 그렇지만, 특수미술화가의 미감이나 미의식을 구현하고 대변한 것인지는 객관적으로 논의할 필요가 있다. 학습이 된 일반인의 미적 감각에 그녀의 작품이 너무나 강렬하여 큰 심적 부담을 줄 수도 있다. 빼어난 기량은 아니지만, 매우 강한 이색적인 화풍도 규명되어야 한다.

결론적으로 그녀는 미지의 회화를 전하는 데 크게 이바지한 화가이다. 그녀의 그림은 숨김없는 생활의 이모저모를 생생하게 엿 보게 한다. 그녀가 누린 삶의 다양한 측면을 피부에 와 닿듯 구체적으로 보여준다. 그런 부류의 기록이나 그림이 앞으로 더 발굴되어 특수미술의 회화에 미친 그녀의 영향이 분명하게 밝혀지기를 기대한다. 간결하고 짜임새 있는 구성, 생동감 넘치는 인물묘사, 대담하고 활력에 찬 주변 환경의 표현 등이 모두 그녀의 그림들을 성공적인 작품으로 승화시켜준다.

조형동은 서울대에서 고고미술사학을 전공했으며 특수미술분야에 대한 저작 및 연구 활동을 하고 있다. 최정란은 출판디자이너이며 한국에서 최초로 컴퓨터로 미술활동을 한 CGP작가이기도 하다. 그녀는 전문적인 출판디자인과 다양한 작품전시를 통해 폭넓은 작품 활동을 하고 있다.(CGP : Computer Graphic Painting)

우리누나!
임일순
ⓒ 임철완 2012

저자	임철완
	e-mail : cwihm@jbnu.ac.kr
	H·P . 010.9194.4669
	54903 전주시 덕진구 호성로 132번지 102-1002
초판 1쇄	2012년 9월 24일
2쇄	2015년 11월 16일
3쇄	2022년 1월 20일
발행처	아사히출판
	전주시 완산구 경원동 3가 70-1 KT전주지사빌딩 4층
	Tel. 063.288.4812
	Fax. 063.288.4813
	e-mail : asahi2003@empal.com
정가	25,000원
ISBN	978-89-7910-103-4 03810